琦君 作品集 10

與我同車

琦君 著

每回坐一趟他的車，回到家，只覺四肢痠痛，渾身乏力。奇怪怎麼坐轎的反比抬轎的累？他哪裡知道，我心裡緊張，還得集中注意力看路牌、喊口令，還得做出一副意定神閒的樣子，以免影響他開車心理，這一番「內功」，該有多吃力？

紀念珍藏版

永恆的容顏——留住琦君的身影

琦君與夫婿李唐基在美國新澤西州家居

第一次赴美(一九七八)與兒子李一楠在紐約市區

琦君夫婦在美國紐約哥倫比亞大學與夏志清（左起）、李又寧合影

二〇〇一年琦君與夏志清（左起）鄭愁予、王鼎鈞同獲北美華文作家協會頒贈特別獎

在林海音家中。前排楊牧（左一）、林懷民（左二），二排羅蘭（左一）、齊邦媛（右二）。後排站立者：何凡（左一）、琦君（左三）、林海音（左四）、七等生（右一）、心岱（右二）

一九九一年與蔡文甫攝於九歌文學書屋

一九八九返台，琦君夫婦去台南拜會蘇雪林先生（右）

琦君在大陸訪冰心女士（中）

小玉存念

琦君阿姨

七十六年初冬遊覽
波斯頓，在美國第一
艘軍艦上留影，
暫充舵手。
艦名憲法號，是重新
裝修時供觀光用的

這是照片背面的親筆題贈

編按：小玉是蔡文甫先生的女兒澤玉，當時她讀敦化國小六年級，在中華日報兒童版寫「小女生世界」。每週一篇，琦君阿姨很喜歡她天真的文字，成為忘年之交，所以在美國仍寄照片給她。

（《小女生世界》已出版，列入《九歌兒童書房》第六集）

幼年時在溫州老家，中立者是琦君的父親抱著妹妹，站在父親前的小女孩就是琦君

二〇〇一年座落在琦君溫州老家中式樓房的「琦君文學館」正式開館

因讀琦君作品而流淚

郭強生

我易感與孤單的童年，一直渴望在中文的世界裡找尋寄居。

有一批兒童讀物，由當時省政府教育廳，得到聯合國兒童文教基金會撥款，而邀集國內作家與插畫家製作出版了。因父親受邀擔任了出版審議委員，這一整套書也進駐了我小小的書架。林海音、胡品清、林良、徐鍾珮……現在我們都熟知的文壇大家們都在這套叢書的作者群中。但其中有一本，特別得到我的鍾愛。講的是一個窮人家孩子，寡母把唯一值錢的耕田老牛賣了，小男孩與老牛相依情深，竟傻氣地隻身進城，想把老牛找回來。一位走江湖賣膏藥的老人，懷念著曾被他放在擔子裡挑著，與他一同流浪，卻又在襁褓中便早夭的兒子。萍水相逢的一老一小，短短的緣分，老人拿出畢生積蓄，最後為這個小男孩贖回了牛。完了。故事很簡單，但我讀到一種亦悲亦喜的蒼涼，只能用震撼形容：

他有時很想把套在阿黃濕漉漉的鼻子上的黃銅圈圈拿掉。可是他的媽媽不許他這樣做，她說哪一家的牛鼻子上不套圈圈呢？好在阿黃和其他的牛一樣，套了許多年的圈圈，已經習慣了。況且小主人從來不使勁拉牠，他只要鬆鬆地一牽繩子，牠就會翹起脖子，向他走來，臉頰親熱地靠向他的臂膀，用濕漉漉的鼻子碰他的手背。

……

「他沒有長大嗎？」

「沒有。」

「為什麼呢？」

「因為他沒有了媽媽，我把他放在籃子裡挑來挑去，起先他咿咿呀呀地唱歌，小拳頭小腳也常常舞動，但是他沒奶吃，天又太冷，他一天天地變得非常瘦弱，又傳染上了麻疹。你知道麻疹是要特別當心的，但是他還得躺在小籃子裡，風吹太陽曬，他受不住了。有一天他不再唱歌了，小拳頭小腳也不再舞動了。我把他抱回到家鄉，睡在他媽媽的墳邊，讓他們在一起作伴。」

「張伯伯，您一定哭得很傷心。」聽聽望著他微紅而疲倦的眼睛。

「我只哭過一次，後來就不哭了。因為我想他在媽媽身邊比在我身邊更好。每天晚上，我躺在床上，就可以在心裡跟他說話，我好像看見他在媽媽懷裡，一天天長大了。」

……

三十年後，換成了我在哭。

面對了一屋子琦君的書迷，我應邀朗誦她作品〈賣牛記〉中上述一段，竟突然哽咽流淚滿面而不能止。那是我唯一的一次，也是最後一次與琦君的面對面。琦君阿姨坐在輪椅上，一頭白髮，微微佝僂。我不知所措地趕忙抹掉眼淚，向來賓致歉，解釋因為這段文字讓我懷念起自己剛過世不久的母親。但是這突如其來、把我自己都嚇了一跳的悲傷，究竟是什麼原因，我當下也並不全然理解。懷念母親當然是部分原因，但若不是這樣的文字，又怎麼能勾起三十年來在生命中累積的所有大大小小的感懷？人生中這樣無由的一哭，真的難得。

琦君回來了；我的淚還沒乾，而琦君又走了。

我們沒有交談，但並不遺憾。骨子裡我或許還是那個怪小孩，覺得有些作家的某作品就是為我寫的，她早就認識我是誰，知道我的存在。

文學的美好價值也就在此了，它提供了更高的認同——做為一個人，而不是哪裡人。它可以讓一個孩童的心從此充滿溫暖，不再孤獨，也可以讓一個社會中的人學會體諒包容。琦君的讀者們，每個人或許都在其中找到了某種認同的東西。以我而言，我看見了一種純度，尤其在還很小的時候，她已經教會我不要變質的可貴。

三十年前讀琦君的記憶，換來一場無預警的眼淚，那並不是悲傷。而是突然感覺，到家了。

摘錄自郭強生著《就是捨不得》（九歌出版）書中〈那孩子說，都是因為您〉一文

（本文作者郭強生是散文及劇作家，現任東華大學英語文學及創作研究所所長）

目錄

輯四　雪花開放的聲音

永懷琦君專輯

初版自序

本書校樣寄到時，正是我寫完一月一日參加紐約華埠支持中華民國反共大遊行〈夜已三更〉一文的次日上午，文甫先生希望我儘速看完，並寫幾句卷首語。而我此時此刻，提筆真感欲語無從。但面對這大束稿件，只得勉強壓制下澎湃的情緒，開始校閱。當我仔細重讀自己用文字點點滴滴紀錄下的不同情況與感受時，覺得我這個最平凡的人，尚能兢兢業業，在海外勤於閱讀寫作，慎於思考，誠於交友，沒有讓光陰白白虛度，僅此即足引以自慰，心情也稍趨平靜。

校畢全書。抬頭看窗外，又是天陰欲雪。再漫步到後院，看斜坡上木葉盡脫，數點寒鴉，忽然划空長鳴而過，一片急景凋年的現象，頓生客鄉寂寞之感。

幸得冬天來臨，春天就不會遠了；轉念我們的國家，最艱苦的一個階段，也很快就會越過。從今尤當收拾起個人哀樂，以有生之年，努力不懈於本位工作，也算是書生報國的一點愚誠。翹首望山坡上傲岸於霜風中的松柏，心中感奮不已。

本書與讀者諸君見面時，已是萬象更新的春天，謹藉此寄我萬里外的祝福，更敬祝我中華民國國運昌隆。

六十八年一月於新澤西

輯一　好春卻在高枝

梨膏醬油

忙碌的工作，加上簡單的旅居生活，我們習慣上所說的一日三餐，其實不過一日一餐。他一大早喝一杯牛奶，就帶著飯盒匆匆出門。冬天亮得晚，抬頭還可望見淡月疏星。晚上櫛風沐雨地回來，一進門總是喊：「肚子好餓啊！有沒有什麼充一下飢的？」我把一個烤得熱烘烘的「包穀巴」，塗點麥淇淋，送到他鼻子尖。所謂「包穀巴」，就是最普通的Corn Muffin，透著一股玉米香。他就把它喊作四川的包穀巴，邊吃邊唸Yammy Yammy into my tummy。他在學兒童英語。

晚餐也是非常簡單的，他時常邊吃邊咕噥：「奇怪，這裡的豆腐總有股子怪味，榨菜哪有我家鄉的三江榨菜香；豬肉更是軟綿綿的，吃在嘴裡一點勁道也沒有。」這些話，他在臺北時也常說，顯然不是嫌我烹調技術不夠。如今來此更是客中之客，莫說我不會做什麼好菜，即使會，也驅不走他的旅愁。

要做道地中國菜，必須有許多道地中國佐料，我們很少去中國城，週末只想呼吸下清新空氣，更不願往人多的地方擠，所以我總是就地取材，在附近超級市場買點肉類蔬菜，他工作量重，食量也得加多，烹調也就重量不重質了。有幾次，他乘聚餐之便，帶回些豆乾，我就炒豆乾、滷豆乾，吃得他直縐眉頭說：「怎麼只見豆腐不見肉，成了豆腐食府了。」他又說：「有一位同事的飯盒，一打開來，紅是紅，綠是綠，才叫漂亮，哪裡像我的一片黑鴉鴉。」我想這也簡單，就給他加一撮紅的胡蘿蔔，黃的玉米，青的四季豆，看上去可眞是「碧雲天、黃葉地」、「桃紅柳綠」，可是吃在嘴裡，依舊淡而無味。他說：「算了吧，我還是吃我的黑鴉鴉午餐，雖然無色，倒還有香有味。」

有一天，我買到一包黃豆芽，就想照他的四川炒法炒給他吃。炒了一半，朋友來電話叫我去她家與另一位朋友會面，我只好請他自己完成這道家鄉菜。回家時問他味道如何？他埋怨說：「你爲什麼放那麼多糖？」我說：「沒有放糖呀。」他又指著爐臺邊一個細長瓶子說：「這種醬油不行，以後還是用原來的牌子吧。」我一看，他指的是我治咳嗽的梨膏。我大笑，他生氣地說：「梨膏是藥，怎麼放在爐台邊？」我怪他不戴上眼鏡仔細看一下。他更生氣了：「誰燒菜還戴花鏡的。」我指著瓶子說：「這上面不是畫的有梨嗎？不戴花鏡也看得見呀。」他笑了：「如今的醬油花樣翻新，我看見這兩個漂亮的梨，還當是特製梨膏醬油呢。」

我打開吊櫥門，轉著裡面的盤子，一樣樣指給他看：「這是鹽、這是糖、這是胡椒粉……醬油有生抽老抽的，各有不同的用處。」他連連擺手說：「別轉了，轉得人頭昏腦脹，什麼生抽老抽的，在臺北時也沒有那麼複雜呀。你沒來以前，我就是一瓶醬油、一罐鹽，燒出菜來五味調和。」

「我寫給你的簡易食譜，你爲什麼一樣也不做？」

「多麻煩？我就是一星期紅燒牛肉，再一星期牛肉紅燒，外加美式涼拌生菜，吃得津津有味。」

「一點都不厭？」

「還有變化呀？今天肉蒸蛋，明天蛋蒸肉。告訴妳，我已經算考究的了，有一位單身朋友，咖啡壺裡煮牛肉飯，吃了整整一年，人長得又白又胖。」

「你既然會自己料理飲食，又何必一封封信催我來呢？」

「說老實話，妳來以後，我就省得寫信的麻煩了。」

他眞是懶人多厚福。

——六十七年十一月

與我同車

來美以前，他花了一個月惡補學開車，居然考到了駕駛執照。可是來紐約以後，因辦公地點與住處相距太遠，搭地下車反而方便。週末如有興趣郊遊，可搭同事便車，所以沒有買車的必要。我來的頭半年，因病深居簡出。能外出以後，也就摸會了蛛網密佈的地下車。他多次動了買車的念頭，都被我堅決打消了。但他每回眼看同事們的「車」上英姿，總不勝欽羨地自言自語起來：「我要是有一部車子的話，開起來也有這般神氣呢！」大有英雄無用武之地的感慨。再想想，在此作客之中，買輛車子，在行動上自由自在一番，至少不必在週末外出時，花雙倍的時間去等半價車（此地車資在週六下午六時後至週日午夜是半價，但車次大爲減少）。而且有車，訪友購物，究竟方便不少，於是就決心買了。

一說買車，熱心的同事們，一個個提供意見。有的主張初學的技術不佳，不要買新車，買輛二手貨就可以了。有的卻認爲好不容易買車子，當然要買新車豪華一下，何況新車不容易出毛病，技術不熟練的人尤當開新車。他對於後者的建議，全盤接受。就由熱心朋友，帶著去看各種廠牌、各種式樣。比較再比較，考慮再考慮，他平時買襪子領帶都要貨走三家不吃虧，何況買車這樁大事呢？於是相親似的，足足相了一個多月，才買了一部小型別克廠出品的雲雀牌。付了訂金，又足足等了三個月才交貨；車到手時，已經是大雪紛飛的隆冬季節。只好借放在房東車庫，每月加他三十元停車費。車在車庫中睡大覺，每天上下班仍得花二元車資，加上保險費，實在所費不貲。他是學經濟的，相信在這方面，一定有他的理論根據吧。

今年開春解凍以後，他怕技術日久荒疏，就開始練車。所有的同事、朋友，全是他的指導老師，每人都把自己學開車的心路歷程提供他參考。有一位說學開車第一要心平氣和，急躁不得，也得意不得。他說他第一次在日本開新車去看朋友，一高興，把車子開上了玄關，幸好出來迎接的朋友身手矯健，來個「鯉魚跳龍門」，總算有驚無險。來紐約以後，他自覺技高一籌，因此總是開快車，太太坐在邊上心驚肉跳，屢次勸他開慢點，他不勝其煩，竟把車開到路肩上叫太太下車，自己走回家最安全。太太一氣之下就學開車考執照，結果開得比先生還穩還快。又有一位朋友說，坐上駕駛座以後，先要深吸呼三下，然後氣沉丹田，全神貫注，雙手不可離方向盤，右腳不可離油門，與人揮手說「再見」時，脖子仍得直直的，不可扭過去。百分之百的機器人姿勢。他仔細聽著，一副心領會神的樣子。上車坐定以後，果然運氣一番，緊抿雙唇，一臉的嚴肅。再慢慢舉起右手，雙目注視手心，緩緩向上轉動才把手心貼在排擋上，再向右移四十五度，從容地一扳。我一看，這不是太極拳裡「雲手」的招式嗎？對於太極拳，他已頗有「功夫」，原來他是一通百通，可以運用在開車上。

逐漸熟練以後，先開住宅區附近的短程，然後上高速公路。我鼓起勇氣坐在他旁邊。他的命令來了：「替我看看，是不是太靠邊了？」「後面車子距離遠不遠？我要換線了。」「你先下去看看，我停得合不合標準？」「我的天，我平時既無距離觀念，又無速度觀念，叫我怎麼知道怎樣才算不偏不倚。要距離多少，後面車子才不致撞上來呢？我緊張得手心直冒汗，他還要我看地圖、看路標，一個個念給他聽。多念了怪我太囉嗦，少念了怪我腦筋不清楚。一副頤指氣使君臨天下的神氣。難怪有人跟先生學車，氣得都要離婚，我只坐他的車都氣得要離婚了。」地圖是他出發前先研究好的，用紅筆畫了簡易圖，叫我一路向他報告。我在初中時就最討厭地理，如今卻要對著地圖，作「仙人指路」（太極劍招式）；偏偏我這個「仙人」，竟是越指越糊塗。有一次在高速公路指錯了出口，花整整一個小時兜了好幾圈。他怪我反應遲鈍，我怪他不當依賴別人。尤其氣人的是迷了路，他總叫我問路。美國人對指路最爲熱心，仔仔細細說一遍，往往還叫你背一遍，看你是否聽明白了。可憐我方向沒有觀念，路名沒有印象，時常瞠目不知所答。他在一旁伸著脖子倒是聽明白了。我氣他自己不問，他說行人都在我這一邊，當然歸我問。我也奇怪爲什麼每回停下車來，行人總是正巧在我這邊呢？他大笑說：「笨瓜，哪有行人在路中央散步的？車子永遠靠右走，你永遠坐在右邊，天生就是專管問路的。」原來我坐車的職責如此之重，不如搭地下車輕鬆十萬倍。「每回坐一趟他的車，回到家，只覺四肢痠痛，渾身乏力。他奇怪怎麼坐轎的反比抬轎的累？他哪裡知道，我心裡緊張，還得集中注意力看路牌、喊口令，還得做出一副意定神閒的樣子，以免影響他開車心理，這一番「內功」，該有多吃力？」

我暗地裡受罪，他還得意地說同事們個個誇他進步神速。踩油門懂得用浮勁，所以速度把握得很穩（這大概是他的太極拳功夫）；方向盤打得十分的「帥」，一個大轉彎，恰到好處，一點不像車齡如此稚嫩之人。他一位同事，考執照多次未考取，灰心之餘，只好怪紐約的執照不好考，認爲搭地下車最安全而心安理得。另一位年逾六十的老先生，倒是勇氣百倍，考了二十多次，終於考取了執照。卻只敢從他鄉間的寓所開到他自己的店裡。他每回都得意地說：「住鄉間就是這點好，車子少，我一早開車出去，前面總是一輛車都沒有。」他就不知道前面的車子早已絕塵而去，無影無蹤，他卻沒回頭看看後面車子跟了一大串。原來這條路很窄，中間雙黃線又不能超車，所有的車子，只好耐心地在老先生後面亦步亦趨地追隨。

轉述著這些故事，他越發的眉飛色舞起來。我坐在邊上，也跟著得意，才一得意，就迷了路，尤其是在路名複雜的住宅區，弄得東西南北莫辨。朋友又勸他買個指南針放在車上定位。誰知指南針到了車上，指的並不是南方，搞得人更糊塗。原來車上的鐵質裝置干擾了磁場，南方變成了北方，眞個是南轅北轍，倍覺迷茫。他只好在迷路時靠路邊停下，下了車，恭恭敬敬把那玲瓏可愛的指南針雙手請出來，放在地上認出了南方，再上車。但車子一轉彎，心中的南方又變了東方或西方，永遠搞不清，如此豈不是刻舟求劍，愚不可及嗎？大家都鼓勵他說沒關係，開久了，自然熟能生巧，巧能生精，到了開車可以聽音樂的程度，就差不多了。他已經買了一大疊錄音帶，有流行歌曲、古典音樂、美國民謠等等，但一次也沒裝上聽過，我最愛聽的是「離家五百里」，我們這兩隻迷途的羔羊，名副其實地，聽聽「離家五百里」呢。

有點使我憤憤不平的是，他對新車的愛護，遠勝於對我的關懷。每次到家要進車庫時，我先下車，他總是說：「小心別讓樹枝擦傷我的車門。」卻沒說「小心樹枝刺到你的眼睛。」這也難怪，望六之年，能購得名牌新車一輛，與它朝夕相對的新鮮滋味，自然是和瑣碎的老妻不同。還有人將新車喻爲「外室」的，大概就是這種心情吧。

偏偏他愈是小心翼翼地照顧新車子，愈是容易出岔了。有一天，他開進車庫時，車頭碰在硬繃繃的石牆上，碰碎了車燈玻璃，擦傷了車皮，一條長長的戳痕，直戳到他心裡。我也未始不心疼，好好一輛新車，破了當門相。無可奈何中，他自慰說：「在紐約開車，車子哪有不碰傷的？不信你以後注意別人的車子。」

從那以後，我們在人行道上散步時，不是欣賞扶疏花木或朝暾晚霞，而是專門注意人行道邊停放的，或馬路上疾駛的車輛，是否有撞傷的疤痕。這一看，原來好多車子都傷痕纍纍，有的甚至眼睛、鼻子都撞歪了，或是車門凹進一大塊，仍舊照開不誤。如果發見一輛嶄新車子有瘡疤，他就指指點點地喊：「你看，你看。」總之，愈看到別人家車子瘡疤多，心裡愈高興——一副望人窮的奇妙心理。

但無論如何，我已百分之百依賴他的開車技術了。「五花大綁」地扣上安全帶，坐在他身旁，扎扎實實地確有一份安全感。他的穩健，並不來自有限的開車經驗，而是由於他本性的沉著、鎮靜與謹慎。我對他的信賴，也不是由於看他得心應手地左轉右轉、恰到好處地前進後退，而是由於數十年來，與他的甘苦與共，安危相依。他既然「惠而好我，與我同車。」我焉得不「駕言出遊，以寫我憂」呢？

——六十七年十二月十五日

病中致兒書

一楠、慧琍兒：

自二十五日至三十一日短短五天中，臺灣來了兩次強烈颱風，高雄港及市區的損壞無法計算，基隆又蒙災害。報載臺北市也有人死亡失蹤，我們國家眞是多災多難，在旅居中心裡更是難過。家中情形如何？你們務須注意氣象報告，早上七時多就可打開電視，有新聞及氣象報告，開收音機也可以。在出門前就得注意當天氣象，不可馬馬虎虎，在外工作平安第一，尤其你們上班都很遠，慧琍在板橋，如有颱風警報，就千萬不要冒險上班；一楠負責外勤工作，颱風天不可逞強冒險，騎自行車及搭公車都很危險，千萬注意。冒險並不是勇敢，所謂「君子不立於危岩之下」也。我人在紐約，心在臺北，時刻爲你們掛心，我不是責怪你們不來信，是因爲太掛心了，不知你們每天是怎樣過的。

在病中接讀你們七月十日的信，才知你們生活大概情形。慧琍做菜，大家吃得盤盤見底，一則見得她手藝大有進步，二則也是你們胃口大，但飯前洗米洗菜，飯後洗刷等工作，都當由你們三人分別承當。她身體本來不太健壯，萬一累病了，你們哪個能照顧她？一楠說已分配工作，我看還是自己做得少，別人做得多；尤其慧琍，一楠必須多為她分擔。我沒有女兒，慧琍就像是我女兒一般，你如體諒母親的心，就當善待慧琍，所謂善待，不是給她買點衣服、吃的、玩的就算，是要從內心疼愛她，不可存「惟我獨尊君臨天下」的心理。「愛」是「施與」、「包容」，不是承受，知道嗎？慧琍性情婉順溫和，你應當對她格外體貼，千萬千萬。

慧琍對小貓凱蒂這樣好，使我很感動，一個人自青少年時期，就培養對動物及一切生靈的愛心，將來定得好報。慧琍生性淳厚，所以凱蒂自然也最愛你。這就是萬物的感應。要知道小動物也有心事，只是說不出來，所以格外可憐，一定要多多愛顧牠。牠現在晚上睡在何處？你們如不願牠睡床上，就讓牠睡客廳沙發，牠很容易教的，輕輕拍牠一下，牠就記得了，比小孩還懂事。夏天飯菜容易壞，牠的飯都要記得放冰箱，吃壞了肚子，牠會嘔吐或瀉肚，反而增加你的麻煩，去看醫生更花錢了。又陽台上那棵被我們救活的九重葛，我來時枝葉已長得非常茂密，千萬記得每天澆水，要在清晨或夜晚，太陽熱氣放散以後；否則一熱一涼，它會枯死的。草木也是有情愫的，你只要愛它，它也有感應，爲你萌枝葉，爲你開花結子，與人沒有兩樣，這就是大宇宙生命的可歌可詠之處，望你們深深體會。

一楠要安心工作，換一個工作也不簡單，自我教育隨時隨處都是機會。工作中，與人接觸中，每天閱讀報章中都是經驗學問，至於補習英文，必須說了就做，不要自己找理由原諒自己，要強迫自己。看看多少苦鬥青年，他們都是化不可能爲可能，你就是惰性太強，所謂聰明有餘，毅力不足，這是大敵人，必須自己克服。慧琍比較有學習興趣，你們可以相互鼓勵，定一個目標，無論如何要每週記若干個英文生字，背一篇短短故事，自然而然會增加興趣與自信心。電視、電臺每天都有教學節目，媽媽在臺時，從來不放棄收聽，你們要學習我這點精神。我偌大年歲，無非是排遣時光，也毫無目的；但人生活到老，學到老，多一分耕耘，總有一分收穫，這都是老生常談，想你們也聽膩了。

慧琍說每天早上起身，都爲三人沖好牛奶，這一點是你的愛心與美德，眞令我感動。但我要勸你，千萬不要如此寵慣他們，他們一個個都是大人了，應當自己做自己的事，沖牛奶就應當自己來，不願沖就不要喝，不可心疼他們，要他們養成料理自己的自律精神。我在臺北時，也犯了同一毛病，總是怕一楠早上空肚出門不好，總是怕他起晚了趕不及上班，他的床頭鬧鐘一向是鬧給我聽的，沒一次不是把我吵醒再去催他起床。好容易起床了，還噘起嘴，一臉「欠他多還他少」的神態，沒一天出大門是讓我心裡高高興興的。現時遠在美國，想想他那副生氣噘嘴神情，也有可愛之處，不知在慧琍你這位情人眼中，又是如何？說到自己管自己，倒是眞應該學學美國父母對子女的教育。我有一天去洗衣店洗衣，看見一個約七、八歲男孩子，口裡吮著棒棒糖，一面哼歌，一面把已烘乾的衣服一件件摺好，放在手推車裡，又吮著棒棒糖哼著歌慢慢走回家。我看他紅紅的胖臉，實在可愛，向他笑笑打招呼，他也搖手說再見。他就是在週末爲父母分勞工作，也許賺一根棒棒糖的錢。但他對自己應完成的工作，做得非常負責認眞。又一次在我寓所附近一條斜坡水泥路上，看見兩個孩子騎著前輪大、後輪小的小跑車，一前一後加速度沿著斜坡衝下去，斜坡盡頭就是一條車如流水的大馬路，如衝上了馬路，任何車輛急煞車都停不住，我當時眞爲他們捏把冷汗。可是兩個孩子狂叫狂笑，一到馬路邊上就是一個急轉彎，將車輪衝向一棵大樹，人車一起都朝天翻倒。他們咯咯的笑得好高興，再看看他們兩個母親就坐在大樹下乘涼聊天，對他們孩子的冒險犯難視若無睹，如果是我們中國母親還不狂呼「小鬼，危險哪！」這也許就是美國兒童教育與我們的不同處。照理說，他們自幼有如此獨立的訓練，長大後應當非常能吃苦耐勞，有幹勁有作爲才是。但現在的美國青年大多不肯苦幹，不肯用功讀書；肯吃苦肯苦幹的，反而是我們中國青年。想來是因爲美國這個國家，耽於安樂的日子太久，所謂富歲子弟多浮濫吧；而中國青年子弟，有的是眼看父母早年漂洋過海，來此苦苦奮鬥，他們自然知道求生存不易。有的是自己好不容易來此深造，所以都是埋頭苦讀苦幹。幸得這個開放的國家，只要你肯吃苦、努力，就可站住腳跟，學業與事業均可有成，爲我們國家爭取光榮。話題扯得好遠，只爲要你們了解「自強不息」的意義，你們正當青春鼎盛之年，體力記憶力又是最好時期，千萬要愛惜上天所賦予你們的本錢。

一楠秉性憨直，但很剛愎，慧琍要糾正他。小兩口吵架自是不免，有時更不免滿肚委屈，覺得他不夠體貼，你就給我寫信訴說吧。如工作太忙，太疲倦，就簡單寫幾行，定時寫信，哪怕三言兩語也叫我在萬里外放心。我在臺北時，你們總看到我再忙再累也是按時給爸爸寫信。如一週中不得你爸爸來信，此心就有如懸在半空中，眠食無心，如今遠在海外，無不時刻以你們起居飲食、工作身心健康等爲念。我不忍心責你們偷懶不寫信，但總要七八天有封短簡，叫我和你爸爸放心，這就叫「家」，家就如此令人牽掛，你們一天天在成長，自然一天天會體會到。慧琍不是說你媽媽幾乎每天都從虎尾打長途電話問你的生活情況嗎？這就是母愛比海深啊！

我這次的胃出血，實由於一年來積憂與勞累所至，來此後又天天盼你們信，天天不放心，以至三十多年舊病，一發便不可收拾，幸得醫生急救快，撿回一條命。在開刀之前，我心情反倒平靜異常，只叫了你爸爸一聲，勸他放心，信賴菩薩，信賴醫生的刀圭。我果然平安度過。雖然吃了不少苦，尤其是異鄉異域，呻吟病榻，昏沉中所浮現的都是親人好友，卻又相去萬萬里。但我在最痛時一直唸經，痛楚便減少，信仰確實有一份定力，不然我不會恢復得這麼快。現在我已回家十天（開刀十天即出院，因美國飲食實在難以下嚥）。回來後自己摸著做，只是前胸中一大條刀疤，不時抽痛，起身行走做事都不免哈著腰，穿的是你爸爸寬大睡衣，頭髮也不能好好梳理，一副老態龍鍾的樣子。一楠如看到我，一定要人喊一聲媽媽「面目全非」了。幸得爸爸同事太太個個對我好，時常爲我燉來美味雞湯、牛肉湯。我的胃被醫生割得只剩半個，吃也吃不下，如你們在此，就可大大地趁火打劫，大吃特吃了。爸爸爲我買了好多種點心，平時愛吃的現在都沒胃口，連最喜歡的牛奶也嚥不下去，眞是沒口福，因此體力恢復得慢。好在我也不急，這場大病，把我的急性子治好了。醫院的醫生眞好，護士有的好，有的很兇；她們兇，我比她更兇，而且告訴醫生。她們對我瞪大眼，我只覺好笑。許多事眞値得一寫，可惜現在沒精神，醫生也不許我寫。現在每天起床後，抱著個大枕頭，在前廳散步。因刀疤痛，沒個枕頭緊壓著就空空的，腰直不起來，那形狀非常滑稽。自己看看自己風吹便倒的樣子，回想在臺北時一天忙到晚，眞是判若二人。但我有信心可以養好身體，前天起已爲你爸爸燒了幾樣可口的菜，他吃得好高興。他已吃了一年自已燒的紅燒牛肉，可是我燒來究竟味道不同，不是手藝好，而是吃現成自然香也。

對了，林阿姨（編者按：是林海音女士）來信說，有一天她和夏伯伯（是何凡先生）故意不通知你們，突擊檢查到我們家，一進門就看見地板擦得晶亮的，廚房爐臺也抹得雪白。慧琍弟弟和另一個小男孩都厚敦敦的笑臉相迎。她好高興，知道你們好好上班，好好理家，一切都很正常上軌道，立刻寫信叫我放心，說你們眞的已是大人，一切都能自治了。你爸爸早就說過，孩子們非要有一段時間離開父母，才會長大，所以天天催我來美。他現在倒眞像個孩子，非人照顧不可，沒想到我來就是一場重病，弄得他焦頭爛額，醫藥費只一部份保險，自己仍得負擔一大部分。害他花錢，心中眞過意不去，這是我此生花他錢最多的一次。

又想起賽洛瑪颱風，在南部造成嚴重災害，國家元氣受傷不少；基隆港又緊接著被薇拉所襲擊，受創正重。國家多難，心裡眞難過。但二日報導南部地區電力轉送系統均已於一日修復，分區停電亦已解除，這就是我們自由祖國人與天爭的苦幹精神。多難才能興邦，望你們時時想到這點，努力培植自己能力、學識與體力，也就是爲國家增加元氣。我不是時時以大帽子的嚴肅話訓你們，而是做人本分應當如此。我幼年時，你外公就時常以聖賢之言教導我，我當時聽來也覺太嚴肅，但長大後就懂了，你們現在已是大人，我不說也該知道啊！

絮絮叨叨寫了這麼多，你們也許都看厭了，我在臺北時給你爸爸寫信，也是好幾張密密麻麻，他來信三言兩語，還怪我信寫得太長，害他看得費時費力。我好傷心，但他說歸說，我寫歸寫。希望你們看我信不要嫌長、嫌囉嗦。一楠可能會，慧琍細心，不會的。你會仔仔細細瞇起近視眼慢慢猜我寫得像蛇遊的字，也許抱怨一聲「媽媽的字好難認啊！」如看累了，就放下，有空再看，只當我們母女在家閒聊，不是很好嗎？我給林阿姨寫信也長，她的回信也好長好親切，我病中得她信，眞是安慰。陳阿姨來信也無所不談，她的字和我的一樣難認，彼此都習慣了。她好關心你們，常打電話問你們情形，你們可與她多談談心，你們沒時間寫，她反倒會一五一十寫來告訴我的。

瞧，又扯遠了，現在告訴你們幾件事：一、一楠一定要快把音響修好，照著爸爸給你的英文教材每天定時聽，只要每天少看一小時電視或早起一小時就夠了。持之以恆是成功的要訣，不可再疏怠。羅哥哥不可能來教你們的，他忙，路又遠，一切全靠自己，家中有整套教材，早上有六時至八時的電臺教學，晚上十時有電視教學，雖無教材，但他們教得慢，再三重複，你們只要多聽，自然有進步。聽覺非常重要，我在此每天聽收音機（看電視）由一無所知到一知半解，漸漸地懂的成分愈多，心中有一份說不出的高興。有時候深夜失眠，就開小收音機聽，轉好多電臺，聽好多名堂，不懂也無所謂。二、中秋節將到，這是我第一次沒在家和你們過節，你們買點雞、魚、水果來吃。你們二人該量入爲出，也不要太省，不會不夠用的。我要你們買什麼都會還給你們的，有特別用處，我自會接濟。我這樣做，並不是親母子、明算賬，而是養成你們自律自立習慣。在此的中國家庭，兒女都邊讀書、邊出外打工，自己掙錢以減少家庭負擔，這一點倒是很洋化的。

這封信足足寫了兩天，停停寫寫，只當和你們話家常，你們也不必一口氣看完。我如收到親友長信，會高興好幾天。我確實是個愛書人。回憶在抗戰期間，僻處窮鄉，來回一封信要寄兩個多月，所以每寫都是好多頁。每收到一信，都捨不得一口氣看完，現在想起那些信，無論是我寫的，或收到的，封封都盪氣迴腸，情意無限，是天地間最好文章，可惜都未留下。美國郵政比不上我們臺灣，週末不送信，臺灣是無論星期假日、風雨無阻，郵差服務精神好、態度好，總之，自己國家沒一樣不值得懷念。你們身在福中，應當知福，也盼盡量多給我這望眼欲穿的媽媽多寫幾個字，你只要想到給媽媽快樂，就會動筆寫了。

——六十六年八月

園蔬

新澤西州的年輕朋友呂麗芬，打電話來說：「告訴你一個好消息，我園子裡的四季豆已經長出五根來了，空心菜也可以採一小把，你週末來嚐新鮮菜好不好？」如果我自己會開車，眞想馬上就去。莫說吃她自己種的蔬菜，就是那滿園的青翠和芳香就夠令人喜悅的了。

週末去她家時，她取出儲藏在冰箱中的四季豆給我看，說生怕長得太老了，先摘下來。我實在不忍心吃它的，勸她還是煮了給小寶寶吃，可以幫她長muscle。她的愛女名叫維維，聰明伶俐，就是不肯好好吃東西，媽媽哄她吃時總說「你不肯吃東西就不會長muscle。」她把小拳頭一捏，手膀一彎，做出大力士的神氣說：「我的muscle在這裡。」因此，我們就喊她muscle。她和媽媽一人種一粒葡萄的種子在小缽中，放在窗口的陽光裡，綠苗從土中冒出來了，她每天踮著腳尖說：「看，我的樹長得比媽媽的高。」

她媽媽帶我欣賞她小小的菜園，種了好幾種蔬菜，有蕃茄、四季豆、空心菜、辣椒、茄子。她工作很忙，照顧丈夫孩子以外，下班回來就挖土施肥。種出來的蔬菜雖還不夠供應一家三口，卻寧願省下來款待朋友。看她柔柔弱弱一個小婦人，卻是精力充沛，熱情洋溢。去年她還曾把最大的蕃茄，託她先生帶到辦公室，分贈同事們，讓大家分享她的田園之樂。

我另一位遠在新加坡，尚未見過面，而由通信成知交的朋友李豪姐，最近來信告訴我，她從歐洲倦遊歸來，最大的樂趣，就是每天守著泥土中的幼苗冉冉生長茁壯，看著枝頭的蓓蕾綻放。人過了中年，兒女們都已長成，羽毛豐盈後，一個個漸漸飛遠了，心情多少有點落寞。可是對著滿園茂盛的花木、瓜果、蔬菜，她立刻感到宇宙間生生不息的神奇，生命就是這般旺盛地分佈、延續，她因而更興致勃勃地工作起來。她將葉子細細碎碎像小花朵的仙人掌分在十九個小花缽中，培養好了分贈親友。把中國劍蘭予以分根，已經分了十二盆，等我去捧一盆回來呢。珠蘭、白蘭花、茉莉花到處都是，香風拂人。提起白蘭花，頓使我想起故鄉矮牆邊那株大白蘭花樹，那時我才七八歲，每天大清早就爬上矮梯，把竹籃掛在樹枝上採花，採了滿滿一籃，挑出最大的幾朵供佛和祖先，然後挨家挨戶送給鄰居們。整個夏天，所有遠近鄰居的婦女們，都戴著「潘宅的玉蘭花。」（她們稱爲玉蘭。）那時我尙年幼，不知道這就叫做「友情的芳香」。

豪姐信中還告訴我，花木以外，她更有個大果園、大菜園。果樹有柚子、芒果、仁心果（好美的名稱，嚐了仁心果一定可以培養仁愛的心）。香蕉、木瓜等熱帶水果，經她細心培植，果實纍纍，採了一批又一批。菜園裡更有各種蔬菜，她眞盼我能飛渡重洋，去和她一同吃瓜果蔬菜，賞花談心。她是位名音樂指揮家，文學素養又深，尤愛詩詞，她的生活自是別有境界。我與她神交數年，尙未見面，可是我們已眞正體認到「靈犀一點通」的快慰。每一想到豐盈濃郁如陳酒的友情，感到世界實在美好，人生實在幸福。

日前讀歐陽子的散文集《移植的櫻花》，其中〈農耕之樂〉一文，寫他們夫婦的田園情趣，令人神往不已。她希望我們於返臺前能先去德州，嚐嚐他們手植的園蔬。她文中說他們將菜園設計得如同花圃一般美觀，每天在園中勞作，其樂無窮。在美國這樣一個崇尙物質生活，金錢價值重於一切的社會中，他們於教書、研究、寫作之餘，只過著恬淡簡樸的田園生活。中國讀書人那份「水流心不競，雲在意俱遲」的閒適情操，在七十年代的今天，是愈來愈値得人崇敬了。

她說他們的蔬菜，已達自給自足的程度。有豇豆、黃瓜、茄子、四季豆、韭菜、芫荽、絲瓜、菠菜、空心菜等十餘種，看了使我好生羨慕。我在此一年中，上超級市場總買不到新鮮蔬菜；唐人街雖較多，但又一個月難得去一次，人都有枯乾了的感覺。連臺北寓所巷口叫賣的菜販，都令人懷念不已。我最喜歡吃四季豆、茄子和絲瓜。韭菜、芫荽也令我垂涎三尺。記得母親也最愛吃茄子和絲瓜。她會用茄子做出各種菜餚點心來，茄子切絲，和了麵粉雞蛋，放油裡一炸叫做茄鬆，是母親款待客人下酒的名菜。加了韭菜、芫荽是鹹的，加了紅棗就是甜點。茄子曬乾了，撕成細條煨肉又是一道鮮甜可口的好菜。大茄子切片，中間夾肉末叫做「茄合」，這是細緻菜，母親要高興起來才做。外公最愛吃的是「爛污茄子」，把茄子放在煮飯鍋裡蒸熟了，攪成泥，加大蒜末、糖醋醬油胡椒粉，夾在沒牙的外公嘴裡就化了。至於絲瓜呢，那股子青香味實在好聞。園子裡絲瓜最多的時候，母親就端上大碗的炒絲瓜。除了油鹽蔥花，什麼也不放，是她自己最喜歡的素菜。煮給我吃呢，就放幾朵蝦米，偏偏我最最討厭吃蝦米，她非要我吃下去不可，連聲說：「這是金鈎蝦米啊，吃了補的，吃了會長大啊。」我卻把金鈎夾回母親碗裡說：「喏，讓媽媽長大。」她生氣地往嘴裡一送說：「眞是有福不會享，有被子偏偏蓋布帳（蚊帳）。」於是就細嚼慢嚥那一粒金鈎蝦米，像是其味無窮的樣子。此外，就是絲瓜菜湯，絲瓜蛋花湯，一直吃到立秋以後。外公說秋後絲瓜掉頭髮，她還是吃。直到「裡生布來外生紗。」（這是母親形容老絲瓜的妙句。）才留起瓜子做種，瓜絡曬乾了洗鍋盤碗碟，那一幕幕情景，又都顯現在眼前。

我沒有一點園藝知識，在臺北住的是公寓二樓，只能在狹窄的陽台上擺幾盆小花小草。每天陶侃運甓似地搬進搬出。白天避免強烈的陽光，晚間承受雨露滋潤，盆花盆草倒也欣欣向榮。來美以前，因兒子整天工作，晚間讀書，無心照顧，將幾盆特別愛惜的寄放朋友家中，託她代爲照顧。她時常來信告訴我它們都安然無恙。回臺以後，我眞想能擁有一方寸的「土地」，供我蒔花種菜，學作老農老圃，雖沒有陶靖節「晨興理荒蕪，帶月荷鋤歸」那份悠閒高雅，至少也可免作「四體不勤、五穀不分」的廢人。在此更屬短暫作客，住處只有前面起坐間窗前有充分陽光，一年中倒也培養了不少盆花草，把屋子染上一片新綠。至於自種園蔬，那就不用夢想了。居停中國夫婦，工作煩忙，勉強整理一下門前草坪，已經氣喘吁吁了。看他們一面推剪草機，一面抱怨，不知樂在何處。後院亂七八糟的種幾株蕃茄，未結果已先枯萎，然後夫妻彼此抱怨一番，索性連根拔去，成了光禿禿一片「荒原」；眼看廣闊的土地如此荒著，實在可惜。我有時在那兒作晨操，時見三三兩兩的松鼠，沿大樹而下，在亂草堆中覓食，牠們閒閒散散地，一點也不避人，我倒有置身曠野的感覺。內心深爲惋惜的是，有這麼好的一片空地，而主人卻只爲賺更多的錢忙，爲爭更高的工作位置忙，無暇好好享受已經擁有的，如能把這片地開墾成田園，自種蔬菜，豈不也讓他們惟一的孩子沾點泥土氣，懂得點勞作的意義，不是整天看電視，砰砰砰學開鎗，就是嚷著要吃Pizza呢。

有一天微雨中，我忽發奇想，在地上挖起一大團溼溼的泥土，捧回廚房裡，裝在一個長方缽子裡，將幾根蔥種在裡面，每天澆點水，蔥居然愈抽愈多。炒菜時，俯下身子摘一兩根，切末子撒在裡面，覺得特別的香噴噴。

現在，總算我的蔥可以自給自足，偶然還可對鄰居供應。如果說這個六寸見方的缽子就是我的「土地」的話，這幾株綠油油的蔥，就算是我自植的園蔬了。

——六十七年九月

看電視

自從買了電視機以後，我這個少出門的秀才，也多少增加了一點見聞，可惜節目可看者並不太多，肥皀連續劇沒完沒了，太費時間，所謂科學幻想片又荒謬得離譜，恐怖犯罪等片令人不忍卒睹。我所喜歡的是智識性、教育性的節目以及有幾個娛樂性節目的人物訪問，做得相當活潑，無論是主持人或訪問對象，態度之自然、詼諧，內容之機智、風趣，都令人激賞，從這方面，看出美國這個國家的可愛面：年輕、活潑、開放、坦率。但也看出這個社會的問題之多、病症之嚴重。我每回看完一個節目，都記下一些要點。外子笑我是「電視學府」倒也名副其實，雖然是坐井觀天，倒也見到天之一角。例如那次埃及總統訪問耶路撒冷，電視就有非常詳細的報導。兩個元首希望化干戈爲玉帛而握手言歡，沙達特回國時埃及人民對他的歡呼，高喊「Welcome home, man of peace」這眞是歷史性感人鏡頭。可見人類原是渴望和平的。

但和平談判至今仍是陰影重重。一個國家的生存利害攸關，比金又豈肯輕易讓步？卡特政府受猶太籍國會議員的牽制，也難作調人。看到沙達特在自己辦公室中對答美國記者訪問時，遲緩深思而肯定的語調、嚴肅凝重的神情，眞希望中東的和平，能由於他突破性的努力而露出一線曙光。

我在臺北時，總不放棄看華視的「今天」節目，這裡的ＮＢＣ電台，「今天」節目是七至九時，整整兩小時，製作人確實要煞費周章，但也作得相當多彩多姿，包含新聞、氣象報告、專題採訪、人物訪問、特別報導、影評及內容簡介等等。他們資金足、動員人力多，我們自無法望其項背。但他們的廣告權威卻更驚人，訪問及新聞報導中都夾廣告，往往在報告員的話尚未說完時，廣告就插入。記者播報新聞時，無論男女，態度都很輕鬆，在輪播時彼此常自然地說笑一番。若說錯一個字，笑著說聲對不起，絕無不安神態。三個國家電臺，都有年高德劭的壓陣大將名記者，於每晚七至七時半主持播報新聞，喬志高先生曾有文特別介紹。

「今天」節目主持人是年輕的一男一女，和一個仁丹鬍子喜歡作公雞似的咯咯笑聲的胖子。訪問影歌星介紹電影，女的叫珍，長得秀色可餐，衣著大方，態度從容，我的聽力如能追得上她每句快速的話，當更有意思了。據說是百萬女記者芭芭拉華爾絲（Barbara Walters）被ＡＢＣ挖走以後，ＮＢＣ一心想培植她補缺，希望她能成功。對芭芭拉出奇制勝的訪問，有的較保守的高級智識份子並不很欣賞。比如卡特當選時，她訪問卡特夫人，問她進入白宮以後，和丈夫臥室的分配，似乎太牽涉到私生活而且太迎合低級趣味了。

晨間九至十時一個節目，我也有興趣，主持人費爾唐納荷（Phil Donahue）一張滑稽而正派的臉，天生的灰髮。他製造會場氣氛，亦莊亦諧。他看來學識相當豐富，對事物有他自己公正的看法，思想相當保守。被邀請來節目中的，據我短短時日所看到的，有音樂家、心理學醫師、兒童教育家、多妻的摩門教徒帶著兩位太太，棄暗投明的私娼、悔過自新的青少年、變性人、謀殺親夫的女犯、過去的黑豹黨首領、離婚或未婚的媽媽，卡特總統的母親、弟弟……無論何種人物，他都能帶引觀眾問到問題的核心，時間支配恰到好處。對來賓與觀眾的意見，他也當仁不讓地提出自己不同的看法。更有從場外觀眾隨時打進的電話，他都處理得從容不迫，風趣橫溢。這也是由於美國人活潑開放的性格，喜歡發問、辯論，最後總是一陣哈哈大笑，於不絕的掌聲中賓主盡歡，收看者也心曠神怡。

晚間八時半，兩個地方性電台同時有兩個好節目，邀請影視名演員、歌唱家、音樂家、作家來作討論性的長談，我看見過卻爾登希斯頓、蘇非亞羅蘭、米基羅尼、傑克里蒙……等人。他們的談吐、修養，眞不愧從事藝術工作，而盛譽不衰。傑克里蒙介紹已故名影星羅賽林羅素的生涯事業，和她的作品「Life is a banquet」，並放映他一部分病中紀錄片。從其中，體會她對藝術之忠實、處世之謙沖、對寶貴生命力之發揮，令人深為敬佩。主持人有時也和歌星一同高歌一曲，眞是多才多藝。節目進行得生動自然，不拘謹也不放浪，趣味與情操俱高，沒有膚淺無聊問答。這一點，倒是國內各電視台製作者值得參考的。

說起明星訪問，我總覺得我們的大牌明星應該少軋點片，少拿幾百萬片酬，多充實一下自己的學識經驗。記得很早以前，有一次收看訪問一個香港來的紅女星，問她「妳都演武打片，相信妳對武打一定特別愛好。」她回答：「不，我討厭死了，只是不得不演呀！」（說的倒也是實話。）又有一次問一個女星：「妳平時作何消遣呢？」她說：「沒有什麼消遣，工作完了，就是睡大覺。」說的也是實話，她們片約多如牛毛，哪有時間消遣，更哪有時間看書？連劇本都不必看，到廠篷由導演說一下就演了。月前去唐人街看了場《紅樓夢》，原沒抱什麼希望而去，回來時卻氣得要大喊「導演與明星之死」。想想人家大明星的排名是以拍有代表性作品而定，而我們的大牌明星是以片酬價碼高低、桃色鬧得多少而定。眞是影片公司與導演寵毀了明星，明星欺騙了觀衆。有一個所謂的大牌女星說：「眞快，連我都到了想拍幾部有代表性作品以告別影壇了。」到告別影壇時才想到拍代表性作品，也未免為時晚矣，何況她所謂的代表性，又能代表什麼呢？這原是不相干的題外話，但也以一吐爲快。

下午我時常看老掉了大牙的舊名片。眞是情義俱深，盪氣迴腸，使人神往於古老的好日子——我們的中學大學生時代。一個人靜悄悄地坐在屋子裡看電影，心頭多少帶點悵惘。因爲舊夢重溫中，看著一個個當年英俊的小生、美豔如花的女星，如今都已「老成凋謝」，總不免感流光之易逝。我邊看邊織著毛衣，忽然覺得自己也變成劇中坐在搖椅裡的老祖母了。外子回來，在飯後向他敘述劇情，他似聽非聽，我卻滿足了發表欲，手中毛衣也織了大半件了。

大衆傳播，對社會人心不能說沒有影響。美國的電視節目、評論單位以及家長會等，都極力呼籲減少暴力與犯罪片，以免影響兒童身心，三家大電視臺也在說明已作比例性的減低。但有一期《電視週刊》上，有篇文章說日本電視的暴力成分遠比美國的高，在機場的美國旅客，看了這類電視都覺不忍卒睹，而日本旅客卻認爲不夠刺激。可是日本青少年的犯罪紀錄卻遠比美國爲低。據賓州大學一位教授和日本東京一位社會問題專家作聯合研究，他們對這現象的看法是，美國家庭對子女過於放任（事實上也是無法管教），學校課業太鬆，物質生活引誘太強，新奇事物的刺激使官能麻木、理智麻木。而日本的父母對子女管教極嚴，收看節目都加控制。孩子課業沉重，沒時間多看電視，而且他們民族榮譽心極強，子女升不了好學校，個人與家族都感蒙差，莫說青少年犯罪更是莫大恥辱了。而美國十幾歲孩子搶劫強暴都視同尋常了。這位作者最後的結論是，電視的暴力節目是不是減少都無關緊要，因為社會上所發生的眞實故事比電視上多得多了。這眞是莫大的諷刺。他又引了英國一句格言（You can't cheat an honest man），我們中國人說「清者自清，濁者自濁」、「眞金不怕火煉」。但血氣方剛的年輕人，會有如此大的定力嗎？

可見得哪一個國家沒有缺點與隱憂，哪一個社會階層沒有黑暗醜陋的一面，哪一個政府不面臨重重困難呢？新聞報導、大衆傳播，固然應坦白公正地揭露醜惡，但也同時應當盡量揚善，告訴我們，人生仍有光明的一面，應當奮鬥與爭取。所以我覺得國內電視的「法網追蹤」與「愛心」等節目，都可收到同樣的社教效果。我們也想到文藝創作，又未始不如此。對醜惡的寫實，總要基於滿懷悲憫心情，寄予同情與改善的希望，而不是絕望、仇恨、詛咒，一味的強調醜惡缺點而忽視善良、進步的一面，和一味地歌頌、粉飾，同樣的褊狹與不公平。舉個小小的例子，最近聽到幾個年輕人自祖國回來，發表的感想是：「公共衛生設備太差，觀光飯店太豪華奢侈，交通紊亂得驚人。」你說他們說的不是事實嗎？是事實。但僅此三言兩語就包括了「祖國行」的觀感是不公平的。難道他們沒有見到祖國由苦幹而突飛猛進的建設嗎？他們沒有享受到祖國人情的溫暖嗎？年輕女孩深夜走在路上不是遠比紐約、芝加哥等大城有安全感嗎？各大學校園以及五線道馬路不是遠比紐約的大學及第五街爲清潔嗎？爲什麼他們就如此的忽視優點而挑剔缺點；而對於將終身定居的美國的種種缺點卻如此寬恕或視爲當然呢？這是偏頗的，這是不公平的。我並沒有對自己國家的優點沾沾自喜，對缺點諱莫如深。要國家社會進步，必須客觀觀察，虛心學習，卻要有整體的看法，深入的了解，不能因爲見到幾個蟑螂、螞蟻，就把一片愛國心趕跑了。

一位年輕的愛國青年，應邀回母校作專題演講，題目是「臺灣婦女生活近貌」。她特地向中國新聞處借一部報導臺灣婦女生活的紀錄片去放映，由王文興夫人陳女士作的旁白說明。放映完畢以後，就有一個美國年輕人站起來說：這部影片只報導了少數傑出婦女的成就，太貴族氣，沒有女工，沒有貧民，這不過是一種「樣品」。而且說臺灣的貧富非常不均。主講人說：「哪一個國家的新聞片製作，不願意將自己國家進步的一面報導給朋友呢？在臺灣的美新處不也是如此嗎？」她私下告訴我說，這部紀錄片確實是拍攝得太呆板，不夠生動自然，不但一般美國人難以接受，連我們自己看了都覺得缺少說服力。她當時因時間匆促，不及先看片子，一聽旁白英語流暢異常，認爲美國人容易聽懂，就匆匆決定採用了。事實上，她也選不出更好的來，她感到非常苦惱。至於貧富差距問題，她立刻提出一項紀錄數字，表現臺灣的貧富差距遠比美國爲低，可能是世界各國中最低的。這項紀錄並非來自臺灣，而是英國劍橋大學一位對中國問題作研究的教授，親自到臺灣作的統計，由《紐約時報》予以轉載的，這應該不是自我宣傳了吧！那個美國青年才沒有話說。可是由此一事，實在給我們莫大警惕，我們國家應如何用心對國外作眞實、生動而有效的宣揚而非「宣傳」，使僑居於此的同胞及友邦人士，對我們有眞正的認識、公正的批評——包括優點與缺點。

——六十七年二月

雪中小貓

雪積了一尺多高，細鵝毛還在空中飛舞。我披了厚大衣，戴上絨帽走出去，沿著旁人踩過的腳印，一步步向前蹣跚。半個身子沒在雪溝中，一片無邊無際的白。一隻大黑狗，從鄰家蹦跳出來，隨著小主人在雪中打滾，身上、鼻子上、額頭上全是雪，「黑狗身上白、白狗身上腫」，眞好可愛。我拍拍牠，摸摸牠下巴，牠向我搖搖尾巴。我忽然想起自己的「黑美人」凱蒂，如果我把牠帶來，牠一定只能坐在窗檯上，隔著玻璃向外望，因爲牠膽子好小。可是隔著千山萬水，我怎能把牠帶來？現在，我也不必再掛念牠了，因爲牠已經走了，離開這個世界、離開我。

雪地裡站著一個中年美國婦人，懷裡抱著一隻胖圓圓的三色小貓，像有磁石吸引似的，我邁向前去，微笑地問她：

「我可以摸摸牠嗎？」

「當然可以，你要抱一下嗎？牠對誰都友善極了。」

我把牠抱過來，摟著牠，親牠，一對綠眼睛多情地望著我，伸出舌頭舔我的手背。牠眞是好親暱，如果我也能天天抱著牠該多好，我不禁喊了牠一聲凱蒂。

「牠不叫凱蒂，牠的名字是Playful。」

「噢，Playful。」我當然知道牠的名字不叫凱蒂。

牠的主人絮絮地告訴我牠的聰明伶俐，討人歡心。牠原來是一隻小小的野貓，被牠收留了。現在，有牠陪著，日子過得好豐富、好溫暖。

我也曾有一隻小花貓，忽然來到窗外，把鼻子貼在玻璃上，向我凝望。我抱牠進屋來，餵牠牛奶、蛋糕。像凱蒂一樣，牠坐在書桌上靜靜地陪我看書。晚上睡在我肩膀旁邊，鼻子涼涼地，時常碰到我的臉。可是牠只陪了我三天三夜，卻忽然不見了。每個清晨和傍晚，在風中、在雨中，我出去找牠。千呼萬喚……我喚牠凱蒂，因爲她就是我的凱蒂，可是她沒有回來，就此倏然而逝。鄰居告訴我，野貓野狗到冬天都會被衛生局帶走，如無人收養，就打針讓牠們安眠，免得大風雪天牠們在外飄零受凍挨餓。我看看懷中的貓，但願牠就是那隻小花貓，已經找到了溫暖的家，可是牠不是的。那隻小花貓到哪兒去了呢？牠沒有在雪中流浪，難道牠已經被帶走了嗎？兒子來信告訴我，凱蒂自從我走後，不吃飯，不跳不跑，只是病懨懨地睡，餓了幾個月，她就靜悄悄地去了。她去的日子，正是這隻小花貓來陪伴我的日子，那麼牠是凱蒂的化身嗎，她是特地來向我告別的嗎？

美國婦人還在跟我說她的小貓，我想告訴她，我也有過這樣一隻可愛的貓，可惜已經不在了。但我沒有說，還是不說的好。

每當深夜醒來，凱蒂總像睡在我身邊，白天我坐在書桌前，牠照片裡一對神采奕奕的眼睛一直在望我，凱蒂何曾離我而去？

我把小貓還給主人，她向我擺擺手走了，小貓從她肩上翹起頭來看我，片刻偎依，便似曾相識。我又在心裡低低地喊牠：

「凱蒂，我好想你啊。」

海明威有一篇小說〈雨中小貓〉。那個美國少婦到了陌生的義大利，沒有人和她說話，沒有人懂得她的心意，連丈夫也只顧看書，頭都不抬一下。她落寞地靠在陽臺上看雨景，看到雨中一隻徬徨無主的小貓，她忽然覺得自己想要一隻小貓，她就去追牠，一邊喃喃地說：「我要一隻小貓，我就是要一隻小貓。」海明威眞是懂得寂寞滋味的人。

好幾年前，我臥病住醫院時，深夜就時常有一隻貓來窗外哀鳴，牠一定是前面的病人照顧過的；但他不能帶牠走，於是我也照顧了牠一段日子，我出院後，牠一定依舊守在窗邊，等第三個愛顧牠的人。

兒童電視節目裡羅傑先生抱著貓唱歌，我記下幾句：

Just for once I'm alone,
Just we two, no body else
But you and me,
You are the only one with me,
But you and me

我低低地哼著，哼著，我好想要一隻小貓。

——六十七年二月

春的領悟

我住處的環境很幽靜，每幢毗連的房屋都有不同的格式，門前的草坪樹木修剪得整整齊齊，每天在人行道上散步，飽餐了秀色，這是在臺北難以享受到的福分。

今年紐約的春，跟在長長的隆冬之後，遲遲地來，匆匆地走。才見花開滿枝，轉眼間便已綠葉成蔭了。但無論如何，我還是幸運地趕了兩個春。在北卡羅來州的杜克大學校園中欣賞了雨中的紫藤與鬱金香，回來後在住所門前又守著山茱萸由含苞而綻放。接著是櫻花、杜鵑、玫瑰以及各色不知名的奇花異卉。你再不能相信，被壓在冰雪中的枝條，霎時間會爆出嫩綠新紅，封閉在三尺白雪下的枯草，如今已是綠茵一片。古人常嘆「蒲柳之質，望秋先萎；松柏之姿，經霜愈茂。」臺灣四季長綠，不容易感覺這一點，在此送冬迎春中，我卻發現蒲柳與松柏一樣的經霜愈茂，一樣的堅忍不拔。因此，也千萬別小看一根柔弱的細草，在岩石縫中，在霜雪的摧折下，它仍掙扎著冒出地面，與百花萬木爭榮。

最令我欣然的是我室內的一株橡皮樹，原以爲它已經奄奄一息，大葉子像豬耳朵似的搭拉下來。我把它放到窗前曬太陽，隔天澆水，它的葉子一片片都撐了起來，頂上忽然冒出一個花苞似的尖端，一天天看它肥大、展開，原來是一片比廣東翠還透明、還綠的嫩葉，然後保護它的一層外皮脫落了，眞像母親孕育胎兒，那麼辛苦，卻那麼神奇。我只有讚嘆，只有感謝。在它邊上一株小小的海棠，也默默地綻放出一朵紅花，夾在緞子似的綠葉之間，像含羞的少女，不敢露面。我快樂得跳起來，立刻打電話告訴送海棠給我的朋友。她說，她還會開得更熱鬧，因爲海棠喜歡曬太陽。果然它愈開愈盛。橡皮樹的葉子也一片接一片，愈冒愈多。現在鄰家院子裡，已經是萬紫千紅都過了，我室內花木，卻正是早春時節。小小龍鬚竹和翡翠漣漪，綠波搖曳在整間屋子裡，這間半地下室的石室變成綠屋了，也許正由於石室溫度低，比外面陰涼好多，所以春來得慢，而且逗留著不走，我竟趕上第三個春了。

杜甫悲嘆「花開有底急，老去願春遲。」這位坎坷的詩人，總是往悲苦裡吟。其實人不必強留春住，一生中能欣賞多少個春天，也許是有定數的。像我能一下子享受到三個春天，更何況還更有壯美的秋冬在後面，便是老去也無遺憾了。

——六十七年春

好春卻在高枝

紐約此時正是「地白風色寒，雪花大如手」的隆冬，三十年來驟見雪光，眞有如重晤故人，悲喜交集。但當我的手指尖觸摸到它冰晶玉潔的寒冷時，卻又想念起臺灣寶島冬天裡的春天。今年是眞正的早春，農曆十二月二十七日立春，大年初一的前三天，就來了春的消息，眞個是祥和初轉，萬象更新。我在遙遠的異國，雖然被封在冰雪中，仍能感受到臺灣親友們，在燭光燈影裡，在爆竹聲中，大家互道新春萬福的那份溫暖歡欣。

說這裡沒有春的消息也未見得，我案頭玲瓏的小瓶中，就有一枝嫩綠，窗檯上一字兒排著萬年青、吊蘭和鐵樹，更有好幾盆不知名的野草。由於我細心灌溉，都顯得欣欣向榮，屋外是天寒地凍，屋內卻春意盎然，這對比卻也別饒情趣。這些花草，有的是我病中朋友所贈，有的是我於深秋葉落時，翦翦寒風中從樹下搶救進來的。我用小花瓶予以分植，都已綠滿窗前，看雪地裡被冰凍的枯枝，也算是膽瓶留得一分春了。

臺灣合歡山上，此時正是踏雪尋梅的好季節，這裡卻缺少梅雪相映的情趣，想起杭州故居院落中，有蠟梅也有紅梅，梅花心中的雪水烹茶，其淡雅幽香有助詩興。一日，寄居西湖蘿苑的諸師友來訪，曾記有詠梅詞云：「冰霜未盡先嬌媚，芳菲欲動還迴避。原不識春愁，負他月一鈎。」這是早春中梅花的孤芳自賞，我所領會到的，則是「惜取娉婷標格，好春卻在高枝。」

高枝之上，才是好春；我在此刻骨嚴寒的客地，似聞到撲鼻的清香，願爲象徵中華民族的梅花虔誠祝福。

——六十七年農曆新春

夜已三更

去年的耶誕和新年，我心頭縈繞的是萬里鄉愁，思念的是家人親友。那時滿心想著明年今日，一定會在臺北和家人團聚，共度佳節。但因外子工作不得不再延一年，沒想到會在此度如此沉痛的節日。耶誕節是西方人最最重視的節日，象徵的是人類互信互愛，幸福和平。而如今卻被自私愚昧的政客、僞君子卡特，給全世界扭開災禍之門。道德淪落，正義喪亡，使我們忠誠、善良，自始爲自由民主奮鬥的中華民族，蒙受如此重大的衝擊和污辱。我們身處異域，耳目所接，尤令人五內如焚、肝腸寸裂。讀國內報紙報導同胞的怒吼，那排山倒海的愛國熱潮，那一件件感人肺腑的故事。那飄揚飛舞的中華民國之旗，凡是熱愛自由祖國的子民，哪一個不熱淚涔涔而下。

中華民族是最最重視道義的。數十年來，一直抱著寧可人負我，不可我負人的寬大胸懷，忍辱負重中建設臺灣，成爲西太平洋最堅強的反共堡壘。近年來，我們明知中美斷交，已經勢在必行，政府與國人心理上也早有準備。但爲了整個世界大局，和那一點在國際是非公道的象徵，總是在不斷努力挽救，如今這一點希望也終於破滅了。這正如對一個垂危的病人，明知不治，總望回生有術。卻被庸醫下錯了一帖藥而斷氣，總不免爲之同聲一哭。但是悲痛之後是靜定，激盪之後是振奮，我們全國上下乃能以兀立不懼之心，面對現實，化直沖斗牛的悲憤爲力量。從此全國人民能摒除自私依賴，僥倖之心，以國家民族的生存爲前提，自強自救，則哀兵必勝，誰也欺侮不了我們。我們經過的危厄苦難太多，再大的撞擊也承當得起。現在正爲壯士斷臂反感痛快淋漓。非常時期，一切政策以國家安全爲第一。這許多年來，臺灣承平日久，這一次的衝擊，實無異醍醐灌頂，激發起長虹貫日的士氣民心。總統蔣經國先生說得對，「這是轉機不是危機。」中國古語說得好。「禍福無門，惟人自召。」卡特爲自己國家召來了禍害，卻激勵了我們，轉禍爲福。

我是虔誠信佛的，自來美以後，每晨必頂禮膜拜，祈我佛保祐中華民國國運昌隆，臺灣人口平安。唸佛使我靜定，使我雜念頓息。現在，我更祈禱慈悲公正的佛，指示我們度過這最後難關。寫至此，我已淚流滿面，我不是悲傷，而是感奮。不是迷信、而是虔誠的信仰。我記起母親，當年在佛堂膜拜時，對我說的話：「佛就在你心中，只要你虔敬地唸一聲。佛會保祐我們一國平安，一家平安。」佛啓示我們虔敬。

虔敬於國，虔敬於家，虔敬於個人的立身處事。由虔敬產生智慧與力量，也獲得上天的祝福。虔敬的祈禱或膜拜不是要驚濤駭浪平息，而是使我們產生更多的毅力、勇氣與智慧克服風險。我再三說，我不是迷信，而是執著和虔敬。

耶誕夜，這裡落著綿綿細雨。我和外子心煩意亂，於深夜燃燈對坐，滿腔心事，卻是欲語無從。樓上居停主人的孩子又跳又叫，他們也是中國人，可是如此重大的事變，卻是無動於衷，麻木不仁。但望這八歲的幼童，長大以後，能做個體體面面的華裔美人，勿忘其本。看窗外鄰家院子裡還有耶穌降生在馬槽的佈景，五彩燈光閃爍。不時傳來平安夜天使傳信的歌聲。我眞不知這個世界，平安究竟在哪裡？想起越南難民的海上漂屍，想起大陸同胞爲爭自由的苦苦掙扎，想起美國蓋亞那叢林的集體謀殺，上帝差遣他的獨生子來到人間，是爲拯救人類脫離罪惡，卻沒想到尙未及二千年，人類於罪惡中愈陷愈深，萬能的上帝竟然無能爲力，眞懷疑上帝究在何處呢？

茶涼了，咖啡也涼了，涼涼的苦汁淋在心頭，不由得悲從中來。

除夕夜，友人怕我們客心落寞，邀我們去他們家中過年。有人問要不要去時報廣場，守著那口大鐘的指針到十二點整，聽人羣除舊迎新的歡呼？我們搖搖頭說不要去。異國的年，本已淡然，何況此時此地此心。記得去年除夕看電視裡記者在訪問一位白髮皤然的孤獨老人，他滿腔悲憤地喊：「美國做的錯事太多，她毀了自己國家，也毀了全世界。」眞沒想到，這位老人的話，今年就不幸而言中。我並不存絲毫幸災樂禍的心理。居此一年多，所見所聞，深深爲這個世界第一強國的立國精神喪失而惋惜。有人說美國是紅黃藍白黑，色色俱全。（紅是共匪統戰，黃是色情電影書刊氾濫，藍是藍領階級的罷工，美其名曰自由，此起彼落，幾乎無日無之。白是青少年吸毒，且有多人主張大麻菸合法化。黑是黑人的暴行，爲達殺人、放火都合法化，警察法官都可取消了。）他們的憂國之士，無不同深嘆息。當然，每一個國家都有缺失，我們經此挫折，尤當自我檢討。勵精圖治，處此環境，眞個退一步便無生路，我們實在沒有閒心情爲別人擔憂了。我們在這裡的美國友人，都是有識見良知的正義之士，他們爲卡特的背信棄義感到美國國格損污人民蒙羞，他們也爲整個世局擔憂，他們對我國的沉著堅定深表敬佩與同情，這一份友情彌足珍貴。他們時以電話相慰問。我們要求他們寫信去白宮責問卡特，他們一個個都寫了。我還寫了好多封信給曾經到過臺灣，對自由中國極爲了解關愛的美國友人，請他們寫信給卡特，相信他們都會寫的。莫以爲個人的力量微薄，衆志可以成城，公正的輿論是會產生影響力的。

元旦——中華民國開國六十八年紀念日，也是中美斷交之日的開始。凡是愛自由祖國的中國人，都自動到中國城參加美東華人支持中華民國反共示威愛國大遊行。我們趕到時是下午一時，看見左仔們零零落落地聚了不到千人，也在舉行他們的「慶祝典禮」，衣冠不整齊者有之，奇裝異服者有之，全是推車賣漿者流，看去就沒一個高級知識分子，顯然是臨時拿錢收買的烏合之衆。搖旗舞獅，敲敲打打，像送瘟神似的，僅一小時就作鳥獸散了。而我們人數愈聚愈多，綿延有一萬多人。外子公司的負責人甘先生夫婦，帶領全體同仁和眷屬，整隊參加。有人全家出動，扶老攜幼，一個個高舉國旗小標語，唱國歌、喊口號。愈唱愈響、愈喊愈高昂，一股憤怒的正氣，直沖雲霄。在中華公所門前，我看到了熱愛祖國的作家韓韓，我們彼此只緊握了一下手，卻說不出話來。她是從匹茨堡專程來的。還有一位愛國華僑從芝加哥開了整整二十四小時的車趕來，參加遊行以後，馬上得連夜趕回次日上班。站在我旁邊的一位李先生，一直喊口號喊得喉嚨都啞了，剛一停下，他太太含淚激動地說：「你爲什麼不再喊？」他馬上又提起沙啞的聲音高喊「中華民國萬萬歲。」外子同事四歲的小女孩，被父親高高舉起，她搖動國旗，小嘴張得大大地喊Long Live,Free China。擠得水洩不通的人羣，無論識與不識，都是一家人。是的，我們都是一家人，無論定居海外的僑胞，或短暫旅居的國人，都是休戚相共，風雨同舟。患難中，愛國心使海內外結合得更密切了。

大部分中國商店，都高懸中華民國國旗，馬路兩邊竚立著大都是白髮的老華僑，他（她）們都手舉國旗，頻頻向隊伍揮舞、喊口號，現出一臉的誠懇。有幾個左仔，因隊伍早已散去，在路邊躲躲閃閃地走遠，脅下夾著美國旗和共匪旗。我們的隊伍對他大喊「左仔滾出去！自由萬歲！中華民國萬歲！」他們幾個抱頭鼠竄而逃。可是我們一萬多人的遊行秩序井然，沒有激動的行爲，沒有毆打。我呆呆望著那幾個低頭匆匆而逝的左仔中有的是年逾六十的老人。心中萌起無限的感觸。同是中國人，同在異國小小的中國城的一條街上爲什麼會彼此成了壁壘分明的敵人。爲什麼我們愛正義和平，而他們卻信了邪惡鬥爭。除了他們的認識不清，是否另有苦衷呢？總希望妖氛掃蕩之日，他們都能回歸人性本來面目。因爲我們究竟都是同胞，製造罪惡只當由頭子負責啊。

反共愛國同盟會榮譽主席劉先生，平時風趣橫生，非常健談，此時站在四叉路口的高檯上，舉著麥克風慷慨激昂地在講話，雨水和著汗水，從他額角流下來。劉先生除了流利英語之外，能說各地方言，更容易溝通僑胞之間的感情。他五歲的孩子曾老氣橫秋地批評他父親說：「我爸爸最喜歡演講了。」童稚之心，哪裡知道，從事海外愛國工作，非說話不可呢？他扶著反共義士袁懋如女士跨上高檯，對大衆申訴大陸同胞的痛苦生活，共匪的罪狀。還有雷震遠神父伸張正義的演說，都感人至深。尤其難得的一大羣支持中華民國的異國友人，高舉標語牌，譴責卡特背信忘義，祝福自由中國建國復國成功。且在當場散發致白宮責卡特違法片面損約的函件，請大家簽名。他們爲正義而呼號的熱心實在令人感動。遊行隊伍因被美國警察所阻止，範圍未能擴大。同胞們都聚集在街口舉行民衆大會。主持人向大家報告一位王太太將她結婚十八年的鑽戒捐獻給國家，以表愛國心意，立刻掀起了捐獻熱潮，一小時就捐了一萬四千餘元。此時已近下午三時，主席對大家說時間不早，可以慢慢回家了，可是人羣一動也不動，沒有一個人願意走，全體高唱國歌，一遍又一遍，愈唱愈激動，終至熱淚滾滾而下。我抬頭望許多大樓窗口高高飄揚的國旗，想起華府中華民國大使館的國旗，雖然六十七年十二月三十一日，形式上暫時降下，而在精神上中華民國的國旗，永遠飄揚在有中華民國人民居住的美國土地上，更飄揚在每一位愛國僑胞的心中。中華子民在那裡，中華民族的精神就在那裡。

一位好友於次日打電話給我說：「兩週來，我一直寢不安枕，食不知味，昨天看到愛國遊行情形之熱烈，才稍覺寬心安慰。」她雖一家僑居海外多年，而心向祖國，孩子們出生在臺灣，長大在美國，但對國內的政治、建設、文化都極爲關懷而引以爲榮。這次中美斷交，愈加激發起他們的愛國心，一個個都紛紛參加當地的愛國遊行。他們說，我們雖身居美國，愛的是自己的自由祖國，因爲我們原是從臺灣來的。這就是海外愛國青年的心聲。

半月來心潮澎湃，仔細閱讀國內報紙，尤爲熱血沸騰。相信這一股愛國熱潮，一定會永遠永遠維持下去，凝成一份最最堅定如山岳的力量。精誠團結，上下一心，明辨邪正，信賴政府，上天一定會祝福我中華民族，完成復國建國的宏願。

書至此，夜已三更，再轉瞬便是黎明。我放下筆，走向窗前，拉起窗簾，望向遙遠的天邊，等待那一片曙光的來臨。

——六十八年一月於紐約

輯二　花開時節喜逢君

海外看平劇

在一個偶然的場合，外子與老友崔興亞先生重逢了。十多年的闊別，不用說，談得有多高興。崔先生是平劇行家，不但能演唱，還會文武場，在他所參加的旅美平劇研究社是當家老生。他們每年春秋都有兩次大公演，這次正趕上秋季公演，所以他就邀約我們去觀賞。

愛好平劇，志同道合的朋友聚在一起，並不只是爲了興趣，更寓有海外同胞努力發揚國粹的深意。崔先生在電話中告訴我們，在一九二八年以前，梅蘭芳曾來美演出一次，帶了一個小孩子演大花臉的叫劉連榮，和他配演「霸王別姬」。從那以後，直到太平洋事變，在美國的中國平劇，可說是一片空白。到了一九四二年，才由銅槌花臉權威郝壽臣在紐約讀書的長公子，與志同道合的趙世輝、黃庚、程維廉、卓夫來、蔣中一諸夫婦、蕭明女士等組織了一個國劇社，名爲雅集國劇社。他們華路藍褸，慘澹經營。第一次上演時，戲裝都是用紙或布畫出五彩花紋，披在身上。票友們的技藝當然都還說不上，但國人前往聽戲之踴躍，出乎意外。一聽到鑼鼓聲，都感動得落淚。這一份感情豈止是對平劇的愛好，實由於海外遊子的無限故國之思。從那以後，平劇的研究漸成風氣，一九五〇年至六九年間，票友們又先後組織了業餘、旅美、中國幾個平劇研究社。每個劇社都預定希望能每年春秋公演兩次，凡是票友，演出時都是出錢出力，盡各種義務，以維持劇社開支。如果特別邀請旅美的職業演員演出，則得另給酬勞。每個劇社都有行家指導，名琴師也須致送酬金。演出的場地租金七八百元，在中國城的票房，每週租用二次，每次也得五十元。這一切的開支，都賴熱心的票友努力籌劃捐輸，於公演時推銷入場券。幸得在這裡愛好平劇的中國人很多，所以每次都還能將大部分戲票售出，以維持必要開支。可是他們這一番奮鬥的精神，令人可佩。

旅美社這次演出的戲碼是「罷宴」和「六月雪」。崔先生亦要粉墨登場。他說生爲中國人，習慣上，平時說話總是斯斯文文，即使再高興，也沒像美國人那樣大聲嚷嚷。只有在喝酒猜拳，或看戲喝采時，可以縱聲大叫，所以他深感到在臺下看戲，給旁人喝采；或是在臺上演戲，聽旁人喝采，都非常過癮，是精神上莫大的舒暢。我對平劇是全外行，但我從幼年就喜歡看戲，當然只會看熱鬧。直到今天，我還只會看熱鬧。坐在鑼鼓喧囂的戲院裡，就有一種回到古老年代、古老家鄉的忘憂之感。如今來到異國，望出去都是白白黑黑的外國人，聽的和自己對他們說的又都是捲舌頭的非中國之音，憋了已經好幾個月，好容易有那麼個可以痛痛快快說中國話的娛樂場合，焉得不欣然而往呢？

一進戲院，放眼看去，除了極少數洋人以外，老老少少，男男女女，全是中國人。全都是滿臉笑容，全都似曾相識，點頭爲禮。立刻有回到臺北週末看劇的一份喜悅。湊巧鄰座一對夫婦，正是我十多年未見的老同事，也是外子的同學。後排又巧遇外子同鄉。要說天地大，有時也眞小得出奇。外子說正因大家都懷著「他鄉遇故知」的心情而來，所以一定可以如願以償。

「罷宴」是一齣唱工戲，特請來旅居華府的名演員拜慈靄演老嫗一角，崔先生演寇華。我們雖初次看此戲，因故事有說明，唱詞有幻燈片，所以也看得懂。內容是老嫗勸宰相於富貴中不可忘當年老母含辛茹苦撫育之恩，節儉持家之德，宰相乃立刻接納忠言，撤去宴飲。此劇闡揚古中國倫理道德，聽來格外意味深長。尤其是看崔先生在台上「進退有度」，舉手投足之間，儼然大臣風範，望去格外有一份親切感。我好幾次都想去後臺，看他身穿朝服，足登高靴，坐著與人閒談又是什麼神情。嚴肅的外子卻要把前後臺劃分清楚。主張欣賞前臺，就不看後臺，保持「藝術的距離」。不要把宰相寇準和老朋友混在一起。第二天和崔太太南錦姐談起，她笑說：「哪有那麼嚴重，不知多少人進出後臺，你們爲什麼不去呢？」我直後悔沒去，因爲我從小就喜歡往後臺鑽，覺得後臺鬧轟轟的，好有趣。她說，以後索性帶我去社裡聽他們吊嗓子、排戲，更是別有情調。

第二齣全本「六月雪」，由蕭儀靜女士飾竇娥。她因熱愛平劇，於程派青衣下過很深工夫，是旅美劇社的創辦人和主持人。她唱來字正腔圓，但因那場地本是時裝學校禮堂，並不適宜演平劇，坐在後排與邊廳的觀衆倒聽得清楚，坐在前排正廳的反而聽不大清楚，實在非常可惜。倒是以一位票友，擔任戲分如此吃重的角色，確是不簡單。看她身段頗純熟，有幾處水袖尤佳。一曲反二簧，把竇娥的含冤悲苦神情，於唱做中表現得絲絲入扣。若非對藝術具有最大虔誠，以全副心靈投入深深體會，不能有此成就。當陽縣令與強驢兒母子是丑角，本來就是插科打諢，逗臺下觀衆笑樂，以沖淡過分的悲劇氣氛。這也許是中國儒家人性本善的哲學思想，不認爲，或不忍心認爲人世間有惡人，故凡是惡人，編劇者總以喜劇性丑角人物表現，讓觀衆在意識上感覺這是戲，不是眞實的。尤其是受到應得的處決或報應時，總故意說些滑稽突梯的話，在觀衆的哄堂笑聲中下場，眞個是笑影淚光，兼而有之。這次三位票友，演來雖不可能像聽職業演員那麼灑脫自如，但也都能抓住觀衆的興趣，產生調劑作用。不過這個感人肺腑的孝女故事，看來也只有我們老一輩的中國人才能體會；年輕一代的以及少數洋人們，雖然邊欣賞邊讀牆上的英文字幕，也難接受古老中國這種執著得他們認爲近乎愚蠢的孝道吧！本來最高的道德標準原是平凡人所不能企及的，此所以成爲典型化、戲劇化。

看票友戲和看職業演員的戲，心情上完全不同。後者是純藝術的觀賞（雖然不懂也是觀賞），而前者則帶有濃重的感情成分。看朋友登臺，當他或她一亮相時，心都會跟著跳個不停，不是擔心朋友怯場，而是自己興奮，也替他興奮。何況十多年未見的崔先生，雖然通過電話，第一次見面卻在燈光亮麗的舞臺上，隱隱約約才能認出他的廬山眞面目。那一份喜悅是異於尋常的。最有趣的是，直到寫此稿時，我還未與崔先生碰面。浮現在我腦海中的是兩個不同的印象：當年的彬彬君子之風，和今天富貴雍容的宰相，覺得非常有意思。我還想起十餘年前，他們夫婦，約同何凡夫婦、馮紹光夫婦，和我們一共八人同遊臺中日月潭。他們四位先生由一位攝影專家拍下一張極富紀念性的照片，洗出後發現四人各似一部西片「岸上風雲」中的四個男角，因而題該照片爲「岸上風雲」。可是歲月不居，十餘年轉瞬已逝，老友馮紹光先生竟於今年作古。他少年時代也酷愛平劇，還票過四郎探母，演蕭太后一角。他夫人咸思姐更是平劇迷。當年她演樊江關時，我們全體文友前去捧場。一聲悶簾，她自北平帶來的老家人竟然淚如雨下，可見他內心的感觸之多。老家人不用說早已辭世，而今人事已非，想她再也無此閒情逸致了。

前次與崔太太談起往事，都不勝感慨係之。但無論如何，我們於闊別後，能在海外重逢，雖然都不再是青鬢年少，而班荊道故，究足以慰萬里鄉愁。何況此身被包圍在純中國的氣氛中，耳聽管絃絲竹之音，看臺上古裝人物，都活動在眼前，眞有點「人生是戲，戲是人生」的夢幻之感呢。

——六十六年十月

遙寄話家常

一

每回收到好朋友的信，就想立刻回信。那會有一份面對談心的感覺，特別親切。有時同時收到好幾封，眞恨不得同時回，就有如幾位好友同時光臨，樂得人心花怒放。我那位頭腦冷靜的先生說：「你最好是每天拆開一封信來看，邊看邊回，不就是天天有信，天天有朋友談心了嗎？」這倒也是個好辦法；但你說，誰能像他那樣沉得住氣？

今天，我是馬上給你回信的。外面大雪紛飛，地面已積了幾寸厚，氣象預告說會下一整天。傍晚轉爲細雨，又有風，那明天早上又將是個水晶琉璃世界。你生長在臺灣，不能想像這景象有多神奇，我在大陸的兩個故鄉，也沒有見過這樣壯麗的雪景。

現在我坐在窗前，一面望著一片片雪花，飄落在外窗檯上，愈堆愈高，一面喝著熱騰騰紅茶，一面給你寫信，心頭好溫暖。

你眞細心而聰明，給我寄來〈華副〉之外，外加一疊航空稿紙。這是「不著一字」的催稿方法，爲了你們的感情，看來我是非動筆不可了。一讀者朋友來信問我「爲什麼好久沒見我的作品了？」我有點無詞以對，只好說是大風雪把我的心都封閉了。眞的，有時面對一種太美的境界，你會有一種被溶化了不再存在的感覺。你是個最敏銳的人，一定體會得出這種況味。

正在忘我之境中陶醉，忽然聽見細細的、滴滴咚咚的聲音。這種聲音，在廚房裡不算稀奇，因爲每個龍頭都滴水，抽水馬桶是整天的叮叮咚咚。可是起居室的水聲從何而來？我察看半天，忽然幾滴水珠滴落在我頭頂上，眞是醍醐灌頂，頓覺頭腦清醒。抬頭一看，原來是天花板中間的吊燈裡已積滿水，水不斷自天花板縫中，沿燈腳下灌，燈罩已不勝負荷了。馬上打電話請房東下來，他們手忙腳亂一陣，再找來工匠，才發現三樓房客的廚房水龍頭裂縫，不知何以水會超過二樓，直灌底樓。難道水也怕「房東太太」，而專門欺侮好人嗎？工匠再一檢查，天花板被緊貼的燈炮燒了兩個大窟窿，再不注意，可能因走電引起火災。你看這房子，豈止是「漏」室而已，簡直是「險」宅。更有一件險事，是前天晚上忽然聞到濃重的煤氣味，發自壁爐（是用瓦斯的），一夜未能安枕。房東夫婦說「一點點煤氣，聞聞沒關係」，好像還有益於健康的口氣。我只好自己打電話請工人來檢查，原來管子裂了一個小口，幸得我一向有開窗的習慣，否則早已羽化登仙去也。現在我一算眞個是「四」個「漏」室，龍頭漏、馬桶漏、天花板漏、煤氣管漏，最後一漏構成了生命威脅，是怎樣的「君子居之」，都不能不提出嚴重抗議。我們在國內太重視人與人之間的感情，事事都忍讓，到這裡來，還是如此，心想自己中國人嘛，哪好那麼認眞；可是他們就不一樣了，錢看得比生命還重。就讓我們因「漏」就簡地湊合下去。性命交關，我們只好不做不愧於屋漏的君子，而小人一番，與他大辦其交涉了。

拉雜寫來，全是寓中瑣事。忽聞外頭門鈴大響，我差點跳將起來。看來我也成了驚弓之鳥啦！

二

每回給朋友或家人寫信，開始時，字寫得還像字，到後來就潦草成了「變形蟲」，害人苦猜，實在罪過。有次在副刊讀到〈誰都不願認潦草字〉一文，更使我慚愧。但這毛病總改不掉，如今更變本加厲，原因是性子急，總想多寫、快寫。而且與好友筆談，自然是不拘形跡，字越寫越潦草，好比話越說越快，幸虧朋友們都能忍受而且原諒我的「十八帖」。有位朋友回信說，「妳不必抱歉，隨妳怎麼潦草我看習慣了自然認得。」妳不也是嗎：蟲子變得再怪，妳都沒埋怨。有時妳的字也與我有異曲同工之妙呢。

上次信中，曾告訴妳我們的「漏」室有四漏。最近大風雪中，又發現一漏，乃是臥室漏風。自從冬天來臨後，我們已將窗戶縫用厚紙貼住，但深夜總是被一股寒流冷醒。仔細檢查，原來是壁上破舊冷氣機中灌進來的刺骨寒風，趕緊再用紙條一層層封好。現在該可以「風雨不動安如山」了。這架古董冷氣機，據房東說是前任房客從垃圾堆中撿來，臨走時以百元高價賣給他的。（此話可信度很低，這位精明的房東，會有這樣傻嗎？）冷氣機所有的按鈕都不靈，幸虧我們住底層，夏天並不太熱，所以從來不開冷氣。而到了冬天，它卻發揮了「冷風」調節作用。外子最注意溫度問題。三間屋子六個溫度計，加上室外的共七個。每天一大早，未聽收音機氣象報告，先看自己家的溫度計，室外幾度，室內靠窗的幾度，靠爐灶的幾度。發現冷氣機的冷風以後，他恍然大悟，用四川英文說：「怪不得臥室總是warm up不起來。」四漏加一漏應當是「五漏之有」了。

由於這架破冷氣機，想到這裡「丟」的氣派，實在可觀。我初來時，早晨散步看到一排花園洋房的行人道上，時常堆著舊沙發、靠椅、竹墊、檯燈架之類的；說舊實在有五六成新，但都當垃圾扔了。我看了實在可惜，但來往行人都不屑一顧，因爲他們自己家中也許正有同樣的要扔，讓出地方來擺新家具呢。只有一次下雨天，我冒雨散步，看見一個人從垃圾堆上撿起一把五彩花傘，笑嘻嘻地撐著走了，那是因爲一時需要。外子告訴我，可千萬別去撿任何東西，一來撿進來沒處放，我們是暫時作客，用不著。二來爲自己中國人爭面子，一定得做一個「路不拾遺」的君子，於是我眼睜睜看著一把幾乎全新的玲瓏靠椅被扔上垃圾車，直到現在還在懷念。從這方面看來，美國實在富有，不如此浪費好像錢就用不完似的。有許多公司辦公室或醫院，因暖氣太熱再開冷氣調節。眞是跟節省能源開玩笑。據說牧人因小牛繁殖太多，供過於求影響牛肉價格，只好用槍將乳牛打死燒去。農田只許耕種十分之三，以免糧食出產太多，其餘荒蕪的由政府賠償。聽聽這種情形，覺得這個國家眞是被上帝寵壞了。可是，一方面卻有那麼多住在貧民窟裡的窮人，三餐不繼，這又如何解釋呢？我初來時，對花花綠綠綢巾似的紙張，總捨不得多用，寧可費時費力搓抹布。被人笑爲鄉巴佬。現在這個鄉巴佬也豪奢起來，拍嗒撕一張紙，擦完拍嗒一扔，有一種暴發戶的自得之感。反正扔的是美國的紙（卻忘了是自己以新臺幣折合美金買的），堆的是美國的垃圾，何不逞一時之快呢？妳說我這叫什麼「哲學」？可是一想起臺北深巷寒風中拾荒的老人，心中就覺慚愧萬分，眞個是由儉入奢易，人若能於享受安樂之時，想一想比我們不如的人，就會從日常生活的消費中，節省一點點下來，捐贈苦難之人。記得我多次和你說起我母親的儉省。但她對於善事從不吝嗇。那時她打「銅板麻將」消遣，每次拿一塊銀元換成三百枚銅子，一定是抽出三十枚說：「這是給叫化子的。」如果贏了，又喜孜孜地抽出一部分說：「這是給叫化子的。」她給自己徵收消費稅與娛樂稅，那份喜悅不只是因爲贏了錢，而是有錢做好事了。我對妳這樣年輕的女孩唸婆婆媽媽經，是因爲妳是個既細心又有善心的人。

今天我感到特別高興，是因爲收到兒子寄來一紙箱的東西。裡面是一個我用慣了的舊電爐，一件穿舊了的厚大衣，一個熱水袋，幾個飯碗。鄰居們沒有一個不笑我在美國會要從臺北寄這些破爛東西來，殊不知這是兒子和他媳婦一同細細包紮的一片孝心。當然，只要有錢，什麼新奇東西買不到？但這份親情的溫暖是買不到的。我生平就是喜歡用舊東西，外子說我對凡是新的都產生抗拒性。這個「今之古人」來到新大陸，當然是不合潮流了。

前些日子在電視上看到一羣所謂最新潮的搖滾樂隊，四人中有三人是中學教師，他們畫了七彩臉譜，穿的奇形怪狀的太空裝，腳上又套上像平劇中的高底靴，唱的怪聲怪調的歌，他們已在好新奇的年輕人中造成一種型，掀起一股熱潮，掙了大筆的錢。記者問他們爲何要如此打扮，他們說這是「藝術」。妳是愛音樂的人，妳說音樂是給人視聽上的狂亂刺激，使人發瘋發狂的嗎？

三

門外的積雪仍舊堆得像冰山，垃圾車不能來清除，所以垃圾也堆得和雪一般高了。這一場雪災，看出這個大國，也是多災多難。大自然威力之強，科學的力量尚難戰勝，至多只能減少災害，卻無法防止。據報長島有六十萬戶居民斷了水電供應，只好分別疏散到親友家暫住。一直搶修到現在，還有二十餘萬戶水電未通，許多人凍死汽車中。許多人因鏟雪過勞，心臟病突發死亡。所以老年人只好住老死不相往來的公寓。我有個美國友人，自水牛城來信說：「大雪都好像壓在我們胸口，可是又沒力氣一口氣鏟除，兒女們長大都離得遠遠的，想幫我們也沒辦法，眞想及早退休，搬到南邊較暖地方去住，可是這麼高的生活費，只好再挺著多工作幾年。」（想想我國的公務員有多舒服？）曼哈登島大馬路上雖然積雪已化去，卻又因大雨與溶雪而鬧水災，地下道進水，交通受阻。據說這次大雪是十年來所未有的。現在常常在攝氏零下，妳試試看把頭伸到冰箱裡幾分鐘，就知道我們這裡有多冷了。我六月中來時，消受了美國四十年來最熱的夏天，現在又遇到最冷的冬天，最大的雪，可說是人間冷暖備嘗了。氣象預報另一場大風雪又將來臨，眞個是「冰凍三尺，非一日之寒」呢。

新任市長大氣派，上次雪後就下個命令，夜間動員撒鹽化雪，一夜之間，花掉了一百多萬加班費。這次雪更厚，鹽不夠了，錢也花不起了，只好呼籲各家自掃門前雪。至於水電公司，美國都是私營，搶修工程浩大，老板爲了員工加班費也叫苦連天，政府也動員國民兵協助。馬路太滑，車輛除了換雪胎以外，還得加鍊條，以防車禍，因此又把馬路壓得百孔千瘡。總之，紐約市像個破落戶，處處捉襟見肘。看來這位郭華德市長頭皮還有得大的。但他倒表現得「勤政愛民」，冒著風雪步行到各處慰問受災害市民。不像愛賓再前任的市長林賽，坐在暖氣汽車裡揚長過市，被市民大罵，白白地斷送了問鼎白宮的美夢。可見當一個人民公僕，豈是過官癮而已。

我們這裡皇后區，除了積雪未溶，馬路結冰，行路難以外，尚未發生嚴重問題，總算幸運。但今晨外子同事來電話，說他地下室進水，得趕緊清除，不能不請假半天了。他們上班，都是櫛風沐雨，戴月披星（因此地冬天天亮得晚，黑得早）。我每天倚著窗兒，目送他全身披掛，頂著霜風，踩著積雪，一腳高一腳低地去上班。又於黃黃的路燈下，看他提著從唐人街買回的中國糧食，沉甸甸地歸來。一進門，他都會幽默地感慨一聲：「噢，風雪夜歸人。」想想暖和的臺灣寶島，眞是「何事苦淹留，歸思難收」——妳又該勸我不要鄉愁太濃重了。

去國半年，對國內情形，倍增關切。讀許多評社會情形的方塊文章時，就引發一份「參與感」。我用此三字是因爲一位好友，來信勸我好好利用在此一年時間，多體會美國人情事態，多看英文報章雜誌，少掛念臺灣，不要事事都有一份「參與感」。我卻偏偏相反，閱讀國內報章雜誌時，總是免不了那份參與感，因爲我是從臺灣來的，我懷念那兒的親友，我愛那片自由樂土。要有一份參與感，我心裡才踏實，這是快樂的「鄉思」，而不是傷感的「鄉愁」。不然，我也不會有心情給妳寫信了。我這麼說，妳該放心了吧。

四

當我讀到〈華副〉上好幾篇談計程車司機的美德、缺點以及苦經時，就回想起自己以前的坐車經驗中兩件永誌難忘的事。一次是一大早趕火車去臺中，說一聲「火車站」，司機先生卻問我：「太太，看你這麼急，沒忘了帶火車票吧！」我一摸果然忘記，趕緊回去取，使我沒有脫課，內心好感謝這位司機的好心提醒。他說凡是看見乘客行色匆匆去火車站，都要提醒一下，雖然只是一句話，卻包含了多少善意的關懷。又有一次是到了目的地時，車資跳了三元，我如數付司機時，他卻不肯收那三元，說並沒耗油跑路，怎能收錢？彼此謙讓半天，眞是進了君子國。那一天我心情也特別愉快，感到我們的社會人心，仍是祥和多於乖戾，一切大有可爲。當然我也會想起一些令人氣惱之事，例如司機態度傲慢、公車超載過站不停、乘客的爭先恐後等等，這當然也由於許多客觀因素造成。這倒使我覺得在這裡，只要不是上下班時間，搭公共汽車是一種悠閒的享受。司機都相當和藹，耐心等老弱慢條斯理上車，黑人司機有的還哼著歌，咧著白牙向你說好，乘客排隊上車次序極好。你若露出慌張不認得路的神情，馬上會有人指點你方向，或陪你走一大段。美國人對陌生人的互助精神，以及排隊精神，倒是我們應當學習的。但無論如何，臺北的混亂交通，卻是最最四通八達的；記得有一位歸國學人說，臺灣的交通是全世界最便利的。我們在這裡，若要在週末外出，車資雖然半價，車次卻大爲減少。像這種隆冬天氣，怎吃得消在刺骨寒風中站上一二十分鐘？所以妳如果在上下班等車等得不耐時，不妨想想我在此吃西北風的滋味，就心安理得了。

還有〈華副〉上張惠明訪問記以及她最後遺書，令人感動而傷懷。如此一位對人生充滿愛心與信心的鬥士，竟然只給她短短二十年壽命，和鄭豐喜先生一樣，實在太不公平了。但願受她鼓勵的朋友，能繼續發揮她的奮鬥精神，和對同病者的關愛，則張惠明雖死猶生。但有一點值得安慰的是國內報紙，總常有感人故事的刊載，而這裡幾乎沒有呢。一位鄰居的父親爲他念小學的孩子找一則好人好事，記入日記，翻了三份大報都找不出一則來，只好搖頭嘆氣。我對他說，好人好事，國內我們報紙上多得很呢。

信將寄發時，第三場大雪已經來臨，氣象報告將有二尺以上的積雪，為三十年來所未有。我們的半地下室屋子，即將一半埋入雪中。窗外一片白皚皚，淹沒了所有的車輛和垃圾，呈現著罕有的寧靜和潔淨。我生平只遇到過兩次這樣的大雪，第一次是抗戰期間離鄉背井，避亂荒山中。這次是千山萬水的異國，兩般光景，一樣心情。書至此，不能不悵然擱筆了。

五

好像有一世紀沒收到你的信了。盼情書也沒盼得如此熱切吧。一連寄你的兩篇稿子，都收到沒有？知道你工作，忙得不可開交，千萬別為我的信有精神負擔。我現在既是大「賢」（閒）人一個，對你採取書信攻勢，想亦為你這位「愛書人」所樂於承受的。何況我的其他好友都一樣關懷我，我向你報告近況，朋友們如問起，由你轉述，也算是代我致遙念之忱了。

告訴你一件令人高興的事。昨晚電視新聞，報導一個拾金不昧的黑人兒童，記者訪問了他和他的母親。這個小黑炭一臉渾厚相，憨憨傻傻地回答記者的問話，他才十二歲，在皇后區的麥克唐納餐廳拾起一個皮夾，連打也不打開看，就交給櫃臺經理。

這種義行，在「刀光劍影」、搶殺成風的今日美國社會，豈止是鳳毛麟角而已。而善行的主角卻是個稚齡的貧窮孩子，眞是對成年人的暴徒一個莫大的諷刺。記者問他爲什麼沒打開皮夾，他不加思索地回答：「我沒有想到要打開，因爲這不是我的東西。」問他：「你希望有錢嗎？」他坦率地回答：「希望，我要好好地存起來。」問他母親怎樣教導出這樣好的孩子來。她簡單地說：「我也沒怎麼教他，我們很窮，但知道要做『對』的事。」記者說：「大家都爲你的孩子感到驕傲」。小黑炭眨著大眼睛，咧著大嘴說：「這也沒什麼嘛。」我看了眞感動，眞希望這個善良的小黑人，長大以後，在社會的大烘爐中，能一輩子出污泥而不染。更希望這一點善的端倪，能喚起社會的覺醒能擴而充之。紐約每日新聞，也特別予以報導，社會善心人士，都感動得紛紛解囊相助。這是我來此半年多，社會新聞報導中第一件好人好事，眞値得他們大書特書的。我覺得一個國家的興旺，社會民心、道德風氣最爲重要，人有人格，國有國格，然後政治、軍事、經濟方足以輔之。這可能就是孔子說的：「自古皆有死，民無信不立」的至理吧。有朋友來說，去年國內社會殺風搶風較過去爲盛，眞不能不叫我們警惕啊。

還要告訴你一件令人感到清新的事，就是今天又下雪了。據氣象報告可能要有五寸。我又全身披掛，在雪中兜了一大圈。領略一下，「葭琯吹灰」以後的春雪，與冬雪究有什麼不同。記得幼年時，母親和阿榮伯都告訴我，冬雪輕而大朵，春雪重而細碎，冬雪雪水可以留存，泡茶清香，陳年的還可治喉痛，春雪卻有火氣。所以阿榮伯每年總存起幾罈冬雪雪水，我喉頭痛時，母親就拿雪水蘸神麴茶給我喝，還拿雪水供佛，我幼年時也不知喝了多少佛堂前的雪水了。我佛的祝福，和著慈母之愛，使我平安地活過花甲之年。我怎能不一心充滿感謝。我在雪中走了好久，腳踩在地上沙沙的響，落在身上也發出淅淅瀝瀝之聲，眞的春雪較粗較重，著地即溶，而且時大時小，怕它積不到五寸呢——這種心情是非常自私的，家家戶戶擔心掃雪辛苦，我這個異鄉人卻盼望再欣賞一次大雪景。迎面正來了送佳音的郵差，他是個很和善的中年人，在雪中，他「鬚眉皆白」地向我咧嘴一笑，我自他手中取到一封來自臺灣的信。他問我：「臺灣不會有這樣的雪吧？」我本能地點點頭，說聲「Yes」，一想到英文文法，剛好說反了，連忙又搖搖頭說「no」，他大笑說：「好，祝你享受一個快樂的雪中的春天，這可能是一場告別的雪了。」美國人這些地方眞是很友善、很風趣。

收到簡宛的信，她說：「回到這裡，看到機場殘留的白雪，才意識到離臺北眞的是好遠了，心中對臺灣的思念，又隨之升起。外子笑我，不回去還好，回去一趟，相思病更重了。您一定體會得到我的心情吧！」可見得他鄉遊子之心，對於少年時景色的變換是多麼敏感。簡宛好可愛，我們還未見過面，卻已成神交好友，由此可見書信能給你帶來多少的溫暖友情（我又在歌頌「書信」了）。有人說，話都在信裡寫完，見面時反而沒有話說了。我想不見得吧！我和一位朋友通信又打電話，還是有說不完的話，對方說：「快掛上吧！這是長途電話啊！」難道我也傳染了在美國打長途電話不心疼錢的習慣了。儘管我先生嫌我「信太長，話太多。」但我總記得「可與言而不與言，謂之失人」的聖人之訓。你總知道，我並不是個「人人皆知己」的呆子。

昨天去市場買菜，順便買回兩小盆室內花草，一盆葉子像秋海棠，卻比秋海棠硬朗，更綠更美。標籤上寫的「翡翠漣漪」（Emerald Ripple），好美的名稱，葉上皺紋眞像水上微波。中間已抽出一個花蕾，綻放時無論是紅是紫，都是美的。另一盆叫 Asparagus Fern，我就稱它龍鬚竹吧。細細的葉子，修長柔軟的枝條，望著它，可以神馳於一片碧綠的細竹林中，我現在已滿屋的花花草草。外子的同事太太說，還要給我分幾枝盆花來。日前看到電視上教分枝的方法，灌營養液的方法。知道植物的底部葉枯是由於水太多，頂部葉枯是由於水太乾，培植花木也跟人一樣，一切總要順應自然，恰到好處。我把兩盆新買的擺在書桌上，不時望著它們，讀讀寫寫，相看兩不厭，那一份無邪的綠，慷慨的綠，直沁心脾，使你沉靜，使你卑陋之萌都息。古人說：「惟有南山與君眼，相逢不減舊時青。」我現在暫把綠樹當南山，但願我們相逢時，我們的眼神都不改舊時青，因爲你也是個愛花卉草木的人。

今天心情分外愉快，一路寫來，都是向你報導歡樂之事，相信會帶給你不少欣慰，也盼你代爲轉告關懷我的諸友好，並轉遞我深深的祝福。

朋友正給我送來幾個她自己炸的開口笑，香噴噴、熱騰騰的，芝麻縫中裂開嘴，眞的像在開口笑，也頗合我今天心情，我也像在開口笑呢！

——六十七年四月

花開時節喜逢君

——北卡羅來那訪友記

對於北卡羅來那之旅，我已經神馳了半年多。整個隆冬，我都在厚厚的雪堆中伸著脖子，期待那邊較早來臨的春天。去那兒主要的實在不爲踏春賞花，而是爲去探望比春風更和煦、比春花更燦爛的好友。一位是舊雨沉櫻姐，一位是新知簡宛。我的期待，可想而知有多麼迫切了。

與沉櫻姐一別二年餘，我們所有的朋友，無不對她懷念萬分，而她又很少寫信。我來美之時，朋友們囑咐的第一件事就是打聽沉櫻姐的「下落」。她的三位兒女各在三處，她曾自稱「狡兔三窟」，就不知她現在「芳蹤何處」。按著一個個地址，終於被我追蹤到了。她從北卡羅來那的Chapel Hill打來電話，聽到她那一聲慢吞吞的「琦君，我是沉櫻呀。」那份高興就不用說了。彼此「語無倫次」地不知說什麼才好，最後還是她簡單地告訴我：冬天在北卡羅來那避寒，夏天在安阿堡避暑，並要我一定得一遊N. C.，當面暢談。

對於與簡宛會面的期盼，則又是另一種興奮心情。我們還未見過面。是由她妹妹靜惠的介紹，彼此熱絡地通起信來。事實上，讀她的文章，我們早已神交了。最有趣的是我們還互贈了「玉照」，以便把晤之時，更能符合我說的「才相逢便是舊知音」的感受。

外子特地休假一週，打算陪我於北卡羅來那暢遊歡聚以後，再轉南卡羅來那。因爲我的一個學生，意外驚喜地知道我在紐約，堅邀我也去領略一下那兒的美麗風光。所以在動身以前，我心中已滿載友情，沉甸甸，暖烘烘，更想到向南走不須多帶衣服，動身那天又是豔陽普照，就穿著輕便旅行裝上路了。再也沒想到就爲了少帶一件輕厚的大衣，使這次的旅行訪友「奇峯突起」，留下了有餘不盡之味。

逛展覽會

走出機場，第一眼看見沉櫻姐（簡宛因當天有中文班的教課不能來），雖然分別才兩年，也有「相對如夢寐」的感覺。她的快婿齊錫生是北卡羅來那大學政治學教授，瀟脫的風度，與外子握手之間，便予人以輕鬆親切之感。我看沉櫻姐穿短袖襯衫，脫去毛背心還直用手帕擦汗，心想究竟南邊的春天到得早，身上也不禁一陣暖和。到了她的小巧公寓，扔下風衣，就去逛嚮往已久的展覽會。這是他們大學城每年春秋兩季必定舉行的展覽，有點像小城鎮的趕集，饒有無限古意。一條寬寬的街道，兩邊交通管制，車輛暫停通行。擺開各種藝術品、手工藝品、玩具、食品等攤位。沉櫻姐女兒思薇特來陪我們一路觀賞。她說因時已下午，會場將近尾聲，較好的物品已搶購殆盡，只有食品依舊不斷供應，生意興隆，以中國春捲和韓國烤肉最受歡迎。最別出心裁的是中國學生為美國人取中文名字，當場用毛筆正楷寫在紅紙條上，得酬勞數角，他們高高興興把大名別在胸前走了。這倒是一個輕鬆風雅的賺錢方式，不比賣春捲，累得滿頭大汗。難得那幾位女同學的正楷都寫得非常清秀有帖意，當眾揮毫，介紹中國文字的意義也頗饒情趣。小孩子們捧著玩具，吃著棉花糖，我覺得自己也像輕氣球似的，在人叢中飄來飄去，心中回味著童年時在故鄉逛市的熱鬧情景。

杜克大學校園一覽

北卡羅來那州一共有三個大學——北卡羅來那大學，北卡羅來那州立大學，和私立杜克大學(也有譯公爵大學的，其實是杜克這位大富翁捐款創辦的)，所以充滿文化氣息。思薇說Chapel Hill是美國十八個最優秀城市之一。風景幽美，氣候宜人，最可貴的是人情特別款切。他們夫妻一到此就愛上這個小城。她還在這裡開了一間小商店，一半賣精緻手工藝禮品等等，一半賣中國食品，更有一小間擺著爐灶教烹飪。不只爲做生意，而是廣結人緣，所有顧客全是噓寒問暖、相互關懷的好朋友。不像紐約、芝加哥等大都市，人與人摩肩擦背而過，卻是行色匆匆，臉上木然沒一點表情。她店門上午十時後始開，家中事忙或外出旅行就不開，早開晚開都無關緊要，顧客們撲空了會再來，是個眞正的自由商店。這倒使我想起臺北寓所巷口一家叫「自由商店」的，自老闆娘至夥計，一個個冷若冰霜，令人望而生畏，我非萬不得已，絕不跨進那家店。雖然誼屬鄰居，而十步之內，未必定有芳草。大都市的繁榮，使人心愈來愈冷漠了。可見大都市並不足以代表一個國家的眞面貌。像紐約是世界文化大都市，卻也是罪惡的淵藪。曼哈登大廈林立，翹首不見天日，也許會使人的心變得狹窄。來到這地廣人稀的小城，放眼望去，到處是參天的綠樹，廣闊的大草坪，連電線桿都看去好低好短。房屋不得超過三層樓，在綠蔭如蓋的大樹下更顯得低矮謙恭。每家門前繁花如錦，向過往行人笑臉相迎。我們冒雨賞玩了杜克大學校園。白色的紫藤花和杜鵑花有一份莊嚴的美，五彩繽紛的鬱金香正茂盛，一朵朵都開到你心坎上來。雨後的空氣又特別清新，我雖因氣溫驟然降低，少穿衣服而受了寒，而這份清澈的寒氣卻非常清新，塵俗之念，都被洗滌而去。沉櫻姐是最愛花的，她自嘲爲「好色之徒」。在臺北時，種花、做花又寫花。將眞花假花一起分贈友好，高興得常常於上了公車才發現腳上穿的是拖鞋。朋友們最喜歡的就是她的「健忘症」，因爲她常常會比約定的日子早到一天，或將甲友的約會錯記爲乙友的，再偕同乙友趕向甲友，天下大亂中笑聲不斷。現在我和她同在美國，卻仍感「天各一方」，「相見時難別亦難」。我們走在校園中，聞著花香，談著往事，總像聽見時間的腳步比我們的腳步更快速，在樹梢的風聲雨聲中逝去，給人無可奈何的悵惘。她鄭重地囑咐我說：「這裡南邊的春來得較早，你賞了這裡的春，回到紐約，正可以趕上那邊的春。我也要於五月回安阿堡趕第二個春。」這正合了東坡居士「若到江南趕上春，千萬和春住」的妙語了。

她又說，「離開煩囂的都市，投入大自然中，面對茂密的叢林，和人們款切的微笑關懷，才體會得出這個年輕國家的生氣蓬勃、自由、率眞和充滿希望的一面。」

我想這正如人們一到臺北，只見交通秩序紊亂，夜總會豪奢，青少年遊蕩，犯罪率增加，令人憂心忡忡。但如一覽天祥太魯閣，遙入阿里山，或到南部樸質農村一遊，壯麗的山川，淳厚的民風，也會增加對自己國家無比的信心。但願發達的工商業，不要全盤改變了人類的價值觀念，不要趨走了古老年代遺留下來的良風美俗，自由中國臺灣如此，美國又未始不然。

有一點倒是我們應當向這個年輕國家學習的，就是「人情味」三字的看法不同。

我們的人情只保守地及於親友，而美國人則開放地及於陌生人（大都市搶案層出，已不得不設防，小城才體會得出來）。這固然由於東西文化背景之不同。但世界已日益縮小，人際關係頻繁，我們總希望文化之交流，能各取所長。中國人能學西方人多關心親友以外的別人，西方人能體會中國人孝親敬長的美德（當然不是指的不變通的愚孝），那眞是世界大同之日不遠了。

雨夜清談

從沉櫻姐住處，車程二十餘分鐘就到思薇夫婦的鄉間住宅。一路上，亭亭綠樹，姹紫嫣紅，無窮無盡地迎面撲來，車過一條平波似鏡的寬闊河流，環境愈來愈幽靜，眞像進入桃源仙境。看上去一幢矮矮的平房，隱約地藏在兩株合抱連理枝大樹後面。房子四周伸展著廣闊無垠的碧綠草坪。他們的愛犬阿花已衝刺而至，歡迎主人歸來。

思薇說我們如早十天來的話，滿樹都開白花，狗木（Dog wood）花也正盛開，一種叫紅苞花的（Redbug）紅得叫人心醉。現在，樹上白花謝去，綠蔭漸濃，紛紅的狗木花也開過了。紅苞花因已爆出綠葉，紅色反而被掩蓋住了。沉櫻姐說這才體會到李清照所說「綠肥紅瘦」的意思。幸得海棠依舊，紅豔照人，芍藥亦已含苞待放，最茂盛的是杜鵑，還有那一樹紫藤，就像熟透的葡萄似的一串串低垂下來。滿院的深淺濃淡，換雨移花。我至此才知畫家要有怎樣的靈性與稟賦，才能爲花木寫眞傳神。

女主人思薇的藝術匠心，令我激賞。她愛蒔花，會作畫，擅陶瓷手工藝，起居室佈置淡雅宜人。素淨的白紗窗簾是她親手鈎的，連她的母親都不相信她有這份耐心，懷疑地問她：「是眞的嗎？」自澎湖帶回的魚燈，點綴在室內濃濃的綠葉之間。用粗麻繩結的落地長簾最顯得古樸可愛。我坐在旁邊，幾次三番地去摸它，想看出一點編結方法來。沉櫻姐也幾次三番地說：「這個我會。」但當她想示範給我看時，卻完全不會了，只好擦擦額角的汗說：「從前會，現在忘了。」（她一高興就會出汗。）許多木器家具都出諸政治學博士的齊錫生之手，他連汽車都全由自己修理，沒有花過一文錢，這就不能不叫人佩服了。在美國建立一個美滿家庭，眞得夫妻都多才多藝、富於克難精神和創造力。如事事仰仗旁人，不但費用貴、效率低，而且不能稱心如意。

晚餐每道菜都別出心裁，都不是什麼彭園、李園所吃得到的，因爲思薇原長於烹調，最可惜是她的夫婿偏偏不重視吃，一大碗光麵就可塡飽肚子，從不知讚賞太太的手藝。只有客人來時，她才英雄有用武之地，使我們這兩個吃客也得以大快朵頤。齊錫生雖然對吃沒多大興趣，但也會幫著太太煮麵。看他不時挑起一根麵，看了又看，對於是否熟了毫無把握，顯出一副書獃子的「笨拙」相。他是以文法馳名的北卡羅來那大學政治學名教授，非常親切幽默，雨夜清談，令人忘倦。他不但對最新政治學理論有高深研究，對中國的實際政治狀況，亦極表關懷。曾應邀回國參加國是會議，對力求革新的政府建議甚多。二年前，他寫了一本《中國軍閥政治》的著作，得到至高評價。不久他又回國搜集研究資料，無意間在一家專門翻印西書的書店中，發現他這本書竟被盜印。當時他眞是一則以喜，一則以氣。喜的是在美國剛出版的新書，臺灣竟已捷足先登地翻印了，可見國內智識份子對這方面著作的注意和重視。氣的是自己的版權無端被侵害，卻連交涉的餘地也沒有。爲了都是自己中國人，國內的書店作學術介紹，他也就心安理得，還自掏腰包買了幾本留作紀念呢。

興奮的沉櫻姐，在動作快速俐落的女兒旁邊，想幫忙也插不進手，她跟我一樣，記性又壞，一轉身又不知該拿什麼東西了。所以思薇說：「媽媽，您還是坐著和潘阿姨聊聊吧，您站在我身邊，我反而得當心免得燙到您。」沉櫻姐大笑說：「對了，我一雙腿有點軟綿綿的，有時舉步不聽使喚，骨節裡還會發出嘰哩格啦的聲音來，像機器人似的。」我說：「我也未始不然，這就叫歲月不饒人。」但兩個機器人兒，邁著嘰哩格啦的步子，尋春賞花，在異國話桑麻，才眞正是「老去交情篤」的溫馨況味吧。

活潑的小姐弟

思薇的兩個孩子，十幾歲的姐姐，帶領著比她小幾歲的弟弟遊玩讀書。安靜起來像兩隻小小蛀書蟲，一聲不響地啃著書，或低聲悄悄地編故事、談心。野起來滿林遍野的奔跑跳躍，體力之充沛如深山獅虎。他們說一口標準國語，做遊戲時卻故意一個說國語，一個說英語，表示言語不通卻是手足感情彌篤。他們生活非常自治獨立，從來不麻煩父母，對父母的朋友彬彬有禮地，一個微笑、一個點頭就走開了。我們在他們家三天兩夜，絲毫也沒感到這屋子裡有兩個稚齡的孩子。早上上學，都輕手輕腳自己起來吃早點就走了。這種美國教育的方式，倒值得我們一部分對兒女照顧得無微不至，又愁風愁雨如我者的母親學習。

姐姐功課非常好，這次考試每科甲等，當選模範生（他們學校非常嚴，有一科乙等都不夠資格）。她極愛讀書，小小年紀已架上了度數不算淺的近視眼鏡。她閱讀範圍廣泛，文學、歷史、科學，無所不看，眞眞的一位小小飽學之士。有一次隨她媽媽去首飾店，她對鑽石品類的分辨、切割面的品評，說得頭頭是道，使店主人大爲驚異。她的臥室由她自己經營佈置。床頭一角是各種毛絨玩具小熊、小狗、小兔等，圍成一個小小動物園，讓牠們談心玩樂不致寂寞。小桌小几上擺了各色小玩意，使我這個「童心未泯」之人，這樣碰碰，那樣摸摸，不捨得離去。牆上除了母親畫的金魚水草之外，還有她自己從畫報上剪下最可愛的動物畫片，有一張畫是一隻胖團團的哈巴狗和一隻胖團團的小白貓，面對面「相看兩不厭」。房門上一張是紳士風度的大狗，昂首而坐，肚子底上卻坐著一隻小花貓，那一份相互信任、相互尊重的神情，眞叫我這個人類肅然起敬呢。

起居室裡的一缸金魚，也是她的愛寵。有一次一條金魚死了，她傷心地爲牠做了一首追悼詩，抱歉自己沒有好好照顧牠，讚美牠生前是一條很好的金魚，祝牠靈魂上升魚國天堂。然後用一個小盒裝了牠埋入土中，還用小石子立「碑」爲誌。思薇在敘述她的小故事時，她一直微笑著，一對清澈的眼神從近視眼鏡後透射出來。她弟弟雖並不太愛小動物，但凡是看到可愛的動物畫片，都會爲她搜集起來，鄭重地送給她。我對她說如我以後發現這類好畫片，一定寄給她，她好高興地點點頭，這是她第一次正面對我假以詞色，因爲她並不知道我和她是同好。

可愛的阿花

她的好友是一隻名叫阿花的淺黃鬈毛狗。愛貓狗的我，對任何狗本來都會「一見鍾情」，聽了主人講阿花的忠誠善良品德以後，尤覺「相見恨晚」。思薇說阿花最愛的是小女主人，他們的相契於心，是無法分離的。有一次他們全家出門旅行一段相當長的時間，只得將阿花託予一家友人，那位朋友也好愛牠，照顧牠無微不至。他們旅行回來以後，不忍要回阿花，但牠卻幾次輾轉找路回來。小主人說：「我知道阿花想我，我們是心靈相通的。」阿花最特殊的一點是牠最能體諒主人，絕不使主人為照顧牠而增添忙碌，所以牠的足跡只到屋子大門口為止，絕不進屋裡來。主人在家時，牠安詳地坐在門外，主人外出了，牠就海闊天空地到處雲遊，餓了自已抓野兔吃，渴了喝流泉，餐風飲露而自得其樂。主人晾出了衣服，牠就自動坐在棚架上看守著，衣服未收絕不離開。冬天飄雪時，牠睡在雪上，秋天下霜時牠睡在霜上，遼闊無垠的大自然，是牠的胸中丘壑，牠是那麼的傲岸、獨立、自由。淮南雞犬，想來也不比牠有更高貴的品格吧。我懷著無限「仰慕」之忱走向牠，牠友善地坐下來與我對望，對望了好久好久，披著長毛後面的一對眼神，逗起我一絲絲感傷與悵惘，因為對著阿花，我想起了好多曾一度是我好友的「心中愛犬」，可是一隻隻都已消逝。我撫摸著阿花，對牠輕聲地說：「阿花，我好喜歡你，但願我回臺灣以後，也會再得到一個像你這樣的忠誠好友。」阿花雖不會說話，但我相信牠一定聽得懂。更有一項值得特別一記的是，我請外子為我和阿花拍下這個「脈脈不得語」的鏡頭，留作友情紀念。外子的慢動作是「中外」聞名的，臺北和美國的友人，同時都領教過。他對距離時，人瞄準了瞄狗，狗瞄準了瞄人，人和狗都瞄了，再瞄花草背景，蹲得我腿酸，裝笑容裝得我嘴角酸，前後折騰了不下五分鐘，而阿花居然坐禪若定，翹起脖子望著我，文風不動。阿花眞是一隻叫人疼愛的奇異的狗。

逛舊貨店

逛舊貨店之樂，沉櫻姐早在信中告訴過我。這是P. T. A.（Parents Teacher Association）的長期性義賣，學生家長們將家中七、八成新的舊物捐到會裡，依新貨訂價十分之一出售（十元者只賣一元，一元者只賣一角），得款充作各項福利事業。各家所捐的物品，自家具、日用品、地毯、衣飾、玩具到書籍，應有盡有。週一休假，所以週二貨品最齊全，早上九時前，門口大擺長龍，開門後蜂擁而入，直奔所需物品部門，可以捷足先登。平時如漫無目的去逛逛，也可意外發現心愛之物。沉櫻姐幾乎每隔三、五天就去逛一次，入寶山總不致空手而回，眞是優哉遊哉，閒情無限。她屋子裡的迷你桌椅書架，都只花一、二元買來。湯盤碗碟只一、二角，一洗刷都是全新。許多小擺飾更令人愛不釋手。她說每次去，帶回的不僅是價極廉物極美的東西，更是滿心歡樂。她說小城各家都住得很遠，爲了廣結善緣，時常刊登小廣告舉行Garage Sale，買主紛紛而至。主人還特地擺了桌椅供人休息，而且，煮茶待客，然後看一個個各取所需，興匆匆歸去。一則可以清除舊物，二則也可以交朋友。如遇上搬家大拍賣，那更可買到好東西了。令人感觸的倒是有的孤獨老人過世了，鄰居們不得不來代爲清除雜物，甚至連貼相簿都拍賣，想想若是買下那本貼相簿，一頁頁翻看一個人自童年而少年而老年，心頭是什麼滋味。如果是老人自己的子女，總不致連一本貼相簿都無處安放，不足珍惜吧。也有的老人將進養老院，不得不將心愛之物賣去。自己顫巍巍地坐在椅子裡，眼看一撥一撥的年輕人，歡天喜地的來挑選他親手置起來一點一滴的愛寵之物，心頭又是什麼滋味？本來人生原當赤條條一身來去無牽掛，但一經來到這個濁世，偏偏地就愛上了許多身外之物。一朝不得不割捨之時，就不免感傷無已。這也就是佛家所說的「生老病死」之苦，「愛憎貪癡」之念，最難勘破。但如果一個八、九十高齡的老人，能夠以「存亡見慣」、「哀樂尋常」的超脫心情，看別人踏著他的足跡，重演人生喜劇，想想他們有一天也會像他似的，將心愛之物出讓。西北闌干，斜陽無限，誰不曾有過「櫻桃樹底春衫薄」的年少時光呢？能作如是觀，則冷眼看世情，也樂在其中了。

我們那天因到得較晚，有幾樣「一見鍾情」的小玩意已被旁人搶購而去，但我還是以一毛錢買到一隻淺咖啡絲絨顏色小狗，以一元五角買到一件淡綠粉紅細花的輕軟晨衣，使我於感冒風寒中，享受了輕柔與溫暖。直到今天，紐約氣候依舊乍暖乍寒。我還是早晚都披著這件美麗的晨衣，攬鏡自照，雖然駐顏乏術，而晨衣明豔的色彩，卻讓我感到春已歸來。

風雨故人來

四月中旬已是農曆的陽春三月中旬，沒想到冬天走了又回頭，我們到北卡羅來那的第二天，正遇上寒流，氣溫從七十多度下降到六十多度，而且下起陰冷的春雨，連綿地下了整兩天不停，這是以前少見的現象。難道我這個愛雨的人眞個姓「雨」，把雨也帶來了。從遊賞了杜克校園回來，我這個病後不懂得好好調養的「桂花身體」就有點不對勁了，頭昏喉痛，咳嗽加烈，自己心慌又怕朋友著急。在送我去簡宛家的途中，思薇一直說：「眞糟，怎麼就忘了給潘阿姨吃藥呢。」到了簡宛家，又是另一份興奮歡樂的熱潮升起，神交已久的好友見面了，我卻有點楞頭楞腦的。一則是太高興，二則是喉痛如刀戳，生怕什麼怪病傳染了他們孩子。心裡著急卻又不敢表示，尤怕沉櫻姐擔心、緊張。簡宛花了多少心思，做了滿桌的佳餚，卻是對著它無法下嚥，我最貪食的香甜美酒更不敢沾唇。只勉強喝了幾口湯，聽兩位一見如故的年輕學人，談得好投機。原來齊錫生和簡宛夫婿石家興的哥哥是同學，齊錫生是東海畢業，石家興在東海執教過，二人也算有校友之誼。現在又同在一州，相距僅四十分鐘車程，但到今天才握手歡聚，眞是比鄰天涯、天涯比鄰了。他們的灑脫、誠懇、談笑風生，立刻使賓至如歸，滿室生春。只因齊錫生次晨有課，孩子又要上學，也爲早點走好讓我早點躺下休息，只好興猶未盡地匆匆告辭了。我那時已感不能支持，幸得家興給我服了感冒藥丸、咳嗽藥水，簡宛又為我熬薑茶、沖蜂蜜水、找厚被子，忙得團團轉。我卻連話都不能多說就躺下了。一夜發燒出汗，心中實在懊喪。簡宛原是一團高興，特地向學校請了三天假，陪我們參觀遊玩，還安排一個座談會，讓我和愛好文學的年輕朋友們見面談談。沒想到卻接了個病人來侍候，我這個人的煞風景莫此為甚。最有趣的是她的兩個孩子，見我滿頭大汗的狼狽相，露出一臉的同情關切卻又不好意思問。大孩子全全悄聲地問媽媽：「哪一個是『寫文章』的阿姨呀？」大概在他想像中，「寫文章」的人，總應當像他媽媽一樣的生龍活虎才對。我實在太洩氣了。如不因生病怕傳染他們，我一定會跟他們講好多有趣的小時候故事，逗得他們笑得前仰後合呢。還有起居室裡那隻可愛的「兔子」（我知道不是兔子，因耳朵較短，卻叫不出名稱），我只想抱牠也不敢，因怕咳嗽會驚嚇了牠。兩個孩子全全、挺挺是牠的好友，但好友上學去了，牠就只好睡覺，兩兄弟說：「牠好寂寞啊！」如今牠那安靜寂寞的神情，還印在我心中。所幸的是與簡宛一見便成莫逆，我就覺得她是我親妹妹似的，彼此沒有一點生疏隔閡之感。次晨燒退去一點，她又為我熬稀飯、削蘋果，我只「默默」地吃著，不能多說話，因喉痛仍烈。眞是「此時無聲勝有聲」，無限情誼，盡在不言中了。

簡宛熱中寫作，從散文集《葉歸何處》到《地上的雲》，斐然成章，極爲讀者所愛好。有好幾位讀者不約而同地來信都說我們筆調與內涵頗多相似之處，我讀她文章時也頗有同感，因此益加惺惺相惜，格外投緣。她一邊在學校圖書館工作，一邊還選修一門社會教育學科。同時又和志同道合的中國朋友，盡義務地爲中國兒童創辦中文班，教他們中國語文。她是班主任，大家出錢出力，不辭辛勞，她們對國家對兒童的愛實在令人感佩。她不但是位賢能的主婦、年輕的作家，對於烹調及手工藝術，也有濃厚興趣。我在未去以前，用毛線編織了幾件小玩意送她也送思薇當「見面禮」，一見到她們琳瑯滿屋的精巧手工藝品，才笑自己眞正是魯班門前弄大斧呢。

最使人懊悔的是因我喉痛聲啞不得不取消後半段旅程——去南卡羅來那看我得意學生的計畫，於次日匆匆趕回紐約。想想這次的旅行有點近乎捉弄好友。而簡宛卻說是不作美的天公，故意下雨變天來捉弄我。沉櫻姐呢，又懊惱因自己怕熱，沒提醒我多帶衣服，她們的冬衣又都因天暖已進了乾洗店。其實是我自己的健康情形不夠好，捉弄了自己，又讓朋友擔憂。都說寶島臺灣氣候「晴時多雲偶陣雨」，沒想到大陸性氣候的美國也會風雨無憑準。想起故鄉的一句話「吃了端午粽，才把冬衣送。」第二故鄉的杭州則說：「吃了端午粽，還要凍三凍。」同屬一省，而南北氣候有別。只怪我鄉巴佬出門經驗不夠，哪怨得天公？回味那天在雨中和沉櫻姐一家踏春賞花，在雨中到達簡宛家，倒眞是合了「風雨故人來」的雅趣。雨，這個字形是很美的，雨聲也是非常悅耳的，但在某種情況之下，雨卻會受人埋怨。難怪頑皮的簡宛，要說「下雨天，眞不好」了。

我因有熱度怕風雨不能外出，就由家興陪外子參觀校園和他的研究室。北卡羅來那州立大學以理工馳名，家興是康奈爾大學的生化學博士，得了學位即來此進行著三項研究計畫，指導著研究員、助理研究員以及許多研究生，責任之重、心得之多可想而知。他和齊錫生在兩所名大學各據一方，各展所長，眞爲國人爭光不少。家興指導的研究成果卓著，因此爭取到各方面多項基金，尤其是美國政府的贊助與支援，尤令他信心倍增。簡宛來信告知，他們最近又得到美國政府所給一筆二萬五千元的研究費，當然使他們興奮，令人惋惜的是家興的尊翁卻不幸於早數日逝世，不然的話，八十餘高齡的老人，聆聽到愛子的成就，更將含著欣慰的微笑，上升天堂了。

有餘不盡之味

回來沒幾天就收到沉櫻姐和簡宛來信，都爲我的感冒發燒擔心，總算我幸運地有一位醫生好友，爲我義務出診，消炎、退燒、止咳三管齊下，很快就好了。她們這才放了心。沉櫻姐信中說：「從興奮的計畫到懊悔的回味，前後有一個月之久，到你信來才算結束。有頭有尾、有感受、有領悟。活到古稀之年，才知自己沒有應付現實的能力，只能向想像討生活，因此也明白了書呆子之所以形成。」她竟想像我又進了醫院，大病垂危。害她擔心到如此地步，我眞是罪過。她又告訴我，在我走後，才發現衣櫥裡好好地掛著一件厚毛衣，忘了拿給我穿，一雙特地爲我準備的軟軟棉拖鞋，也忘得一乾二淨。由興奮而緊張，加上健忘，大概老朋友久別重逢，都會如此吧。簡宛和我彼此信中都說，好容易盼到見面，卻是好多話都來不及說。眞盼望七月裡她妹妹靜惠來時，我能再去玩一次。眞的，我也很想在回國前再去一次，可是那時沉櫻姐要回臺灣，她返美時我又回國了。眞個是「人生不相見，動如參與商」，有時眞由不得人安排。

南卡羅來那的學生來信，也好懊喪失去在異國和我見面的機會，她告訴我Charleston的風光美不勝收，她特地去觀光局拿了好多資料，計畫了好久，興奮了好幾天，等我去玩。她要帶我坐四十五分鐘的馬車，看那兒最壯麗的街道和建築。看當年拍攝「飄」那部片子十二橡樹園的地方，南北戰爭開第一炮的古跡。還有滿處的花……她寄來自己的照片和美麗的風景卡片，熱情實在使我感動。她是我在中國文化學院教書時，中文系的高材生。她性情柔順內向。在國內時看她膽小羞怯，來美以後，由姐姐的帶領，現已變得堅強而獨立，自己開車到Charleston College上課，功課雖吃緊，卻都能適應，並能上台作演講。對於所修課程的Book talk，她都能應付裕如。她非常喜歡小孩，想從事兒童文學的研究，現在正在修這一科目，很能領會，希望學成回來以後能爲自己國家的兒童多盡一份心力，她有這份愛心與毅力，必然成功。我還鼓勵她在課餘能寫些文章，報導美國的兒童書刊，和她對兒童心理研究的心得。

此次暫時不能相聚，但我一定要再去，相信仍然把晤有期。且讓我現在先品嚐一下有餘不盡之味，和這一份載不動的友情吧。

尤其高興的是我的三位好友，都不斷地和我通信。沉櫻姐本來說手軟懶得提筆，現在也變得筆頭勤快，頻頻來信，妙語如珠。「花開時節喜逢君」的題目，就是她在我一到時就給我的；在臺北時，她時常在電話中「賜題」，我都聽話地照寫交卷了。但她又說此題雅得太俗，勸我別用，我還是用了；因爲確實是花開時節、喜逢好友嘛。

——六十七年四月

載不動的友情

收到你沉甸甸的信，連忙拆開來，裡面是一大疊小貓書籤和你們畢業旅行的團體照，你叫我猜哪個是你，我一眼望去，每一張充滿健康快樂純樸的臉都是你，我簡直分不出來，你們每一個都太可愛了。我還是迫不及待地翻到後面，寫著左第三人是你，你居然在全體同學中照得最大（也許站得離鏡頭較近的關係），現在我已認識我的小朋友小娟了。同時在我眼裡，你們這一羣同學，我好像本來就認識似的，也好像我就在和你們一起玩，一起拍照，這也許就是所謂的投緣吧。還有是因爲我教書好多年，從小學、初中、高中，那一羣羣的小朋友啊，眞使我好懷念，因此看到你們的照片，就像和所有的朋友又聚在一起了。對了，你說等我回國，去了臺中，你們已計劃好怎麼陪我玩。到那時，不知會有多快樂。我要講好多中學時代的有趣事兒給你們聽，我們的淘氣搗蛋以及許多驚心動魄之事會叫你們笑彎腰，還有大陸上的明山秀水都是你們夢寐嚮往的，我都會把到過的地方形容給你們聽。

你說最近你媽媽常常談起黑龍江老家。她說「那眞是片肥沃土地」。你說眞希望有一天回到老家，要在黑龍江上溜冰，在長白山上賞雪，還要邀請我去玩。我眞是感動。我可以想像得到你媽媽，一位上了中年的人，久別家鄉——一個多麼想回去而不能回去的地方——是多麼的懷念啊。我也正是同樣的心情，所以我爲什麼老是寫故鄉寫童年，也是一種無可奈何的心情。黑龍江，不知道會有多壯麗、多遼闊，可惜我足跡只限於小小江南的幾縣，連大後方重慶、桂林等山水甲天下的地方都沒去過，眞是虛度此生了。你們正是燦爛人生的開始，待得河清之日，一定可以遍遊大陸的名山大川了。

清明節，你和媽媽去廟裡燒紙錢給爸爸，你問我：「這是不是有用，人死後究竟到哪裡去了？」我呆呆也想了半天，眞不知怎麼回答你。小娟，你就當它有用吧！人死後究竟去了哪裡，這是一個永遠無法解答的謎。依佛家輪迴的說法，人是有前生也有來世的，人死後也有靈魂。他會思念親人、思念家鄉。基督教也說人死後，上升天堂或下入地獄。但一涉到形而上的宗教或哲學，究竟太虛無縹緲，像你這般年齡，還是暫時不必探究，你就恭恭敬敬、虔虔誠誠地讓你爸爸活在你心中，默禱他靈魂往西方極樂世界。西方極樂世界是理想中的最高境界，但卻不是幻想，是我們在現世中所當努力的，那就是「修練」我們的心靈，向著眞善美的目標走。爲人做事，誠誠懇懇，把愛心盡量擴充，幫助、同情不如我們的人，向比我們賢能的人學習。如此，生活就會過得非常豐富、快樂，現世就跟天堂一般了。可惜的是我說得這麼好，自己並沒能做到，一個人要戰勝內心的敵人眞不容易，但總要努力自勉，時時警惕，否則靈魂就要墮落了。我在初中時讀奧爾柯德的三部小說《小婦人》、《好妻子》、《小男兒》，覺得馬區先生和夫人教導四個女兒，使她們一天天在成長中體認人情世事，這一對父母所說的每句話，寫的每封信，到今天都時時在我心，我眞感激那位英文老師（那時這三本書是我們的英文課本），她每回都用抑揚頓挫、鏗鏘悅耳的聲調讀一遍，她讀那些親切的詞句，就像是我們自己的父母親在對我們說話，使我們牢記心頭，時時試著去實行。使我們在小女孩時代，能在和煦的陽光雨露中長大，如果說我的性情沒有變得非常乖戾，一半是由於這位老師將這三本書的溫暖帶給我們。所以我順便也告訴你，你何妨去找來一讀，即使英文原文也是非常淺近易讀的，看好的譯本也可以，但不要看節譯本，時常會將精彩之處刪節，太可惜了。

我還要告訴你的，就是逢年過節對先人長輩的祭奠，主要是一份思親的孝心，並不是迷信。儒家倫理的一個「孝」字，意義無窮，一個孝順父母的人，一定也能夠尊敬別人的長輩，友愛自己的兄弟，與朋友交而有信。將來自己也一定是慈愛的父母，廣義的孝眞個是無所不包，就是《論語》所說的「弟子入則孝，出則悌，泛愛衆而親仁」的道理。可惜生在忙碌而現實的工商業社會的現代人，有許多都忽視了孝，還認為「愚孝」是很不合時宜的行為。時代不同，價值觀念不同了，許多行為，自然應當隨機應變，因情況而變通，但「孝心」是不變的道德標準之一。我讀了你幾封來信以後，從字裡行間，就看出你是個孝順孩子，有一顆極善良的心靈，愛父母、愛朋友，而且愛護小動物，在愛心中，人與人之間真是容易接近。所以由於你的閱讀書刊和寫信，我們的心靈就溝通了。你說「收到你的信好高興，在人生的旅途上，我又多了一位關心愛護我的知己。」我又未始不高興呢。

你第一次寄給我一張咪咪的照片，就託牠把祝福帶給我。這次你又把自己所搜集全部的咪咪書籤都寄給我。我告訴你我還有一個唸高一的小朋友，和你一樣的純樸天真可愛，我們已通了快兩年的信，還沒見過面呢，她也是把各色各樣的美麗小卡寄給我。上一次，她寄來一張淺紫色的：一個小女孩在朦朧的晨光中跪著祈禱，小小的雙手合著掌，一臉的虔誠，她在背面寫著：「這是我最喜愛的，送給您。」你寄給我的，也是每張上都有發人深思的美好詞句，有一張是一個長髮小女孩，抱著小花貓，笑得好甜。上面寫著「徘徊在腦海裡的回憶，就是最好的祝福。」望著這些小女孩，就像看見你們，也好像這小女孩是我自己的幼年時代。珍貴的友情，把年光縮得那麼短，使我這個年逾花甲的「中年人」（我不願說自己是老年人），與你們之間沒有一點好。你們的友情，像春雨似的淋在我心田上，使我感到人生是如此的美好。

這幾天，電視台時常播放二十年代的小童星秀蘭鄧波兒的影片，她那童稚的歌喉，好令人陶醉。一聽就會使我想起初中時代看她的電影，那般的著迷，我一有零用錢就買她的照片，如今她正度過五十歲的歡樂生辰，她當過大使、禮賓司長，是一位成功的外交家。爲了事業與家庭，她放棄了喜愛的銀幕生涯。她容光煥發，唇邊的小小酒窩依舊，螢光幕上出現她五十歲與五歲的照片，眞是逗人遐思。四五十年的歲月，在秀蘭鄧波兒眞是多姿多采，她可以說一點也沒有老，誰說歲月無情呢？可是看看她，卻忽然使自己警惕、慚愧，上天給人類是公平的年光，爲什麼我們就不知道好好運用呢？

我拍的幾張雪地裡的照片，竟一直未去取來，等下次給你寄去；在臺灣不能想像會有這樣厚的雪，這會使你更想念長白山、黑龍江了。

你今年畢業，所以附寄給你小小禮物一件，希望你喜歡，我認爲是很淡雅別致的。

夜深了，祝你

健康、進步，並代問你

媽媽安好

——六十七年五月二日於紐約

終日思歸碧山岑

W・V：

您的信，是我從郵差手中直接接過來的，那份欣喜難以形容。我彷彿回到童年時代的農村社會，古老的收信寄信方式。說起這裡的郵政，眞是奇怪，郵差來得忽早忽晚由他高興。有時一個大包裹就丟在你大門口，由你自己意外地去發現；有時明明是平郵的幾本書，卻因送來時人不在，留條要你自己去郵局領取。單上寫的Flat，我問鄰居「扁扁的」是什麼意思，她說：「扁扁的就是扁扁的，大概又是書不是包裹之類吧。」我去一次郵局眞是勞師動衆，因爲不認得路，外子剛會開車，轉彎抹角累得滿頭大汗，只得請鄰居作嚮導。在這種情形之下，我又不由得懷念起臺灣郵政效率之高，有的人笑我鄉愁太濃重。她們都去國日久，又少寫信，哪能體會此中況味呢？

收到您的信，總是立刻與瑪琍通電話，她也是如此，常常把您的信在電話中從頭唸一遍。她唸得雖快，我的耳朵都還跟得上，因爲談的都是彼此接頭的事。從您給她的信中，我覺得您的英文好流暢、自然，而且充滿眞摯的感情。您一直自謙只搞翻譯，不寫英文。我覺得您的英文修養，實在應該也從事漢譯英的工作，把我國古典或當代的名作介紹到國外。作這項吃力不討好工作的人還是太少，卻是愈來愈重要了。〈凱旋門〉裡的那一段，我將原文唸給瑪琍聽，請她告訴我意見與感覺，我也將您和前人的譯法不同告訴她（您知道我有限的辭彙實在說不太清楚）。她想了一下子告訴我那句難解之句的可能意義，我想了好久，想出那四個字來試譯，仍不知道貼切與否，您竟欣然接受。外子說我不知天高地厚，眞說對了。

您所舉的「當散不散，似物凝滯」的例子眞有趣，old record譯爲「陳腐的唱片」，那麼「老朋友」豈不成了「陳腐的朋友」了。前譯本把「巴黎的香榭麗舍大道」譯爲「上林苑」，卻眞是「陳舊」的譯法了。我對此完全不懂，只是信口雌黃。您說把名著重譯，有如「頂著石臼跳加官，吃力只有自家知。」眞是一點不錯。但譯界如沒有幾位像您這樣的有心人，作虔誠的傻事，文學名著的介紹，又何能臻於盡善盡美之境呢？思果先生重譯狄更斯的David Copperfield也正是和您同樣的心情。任重者必定是道遠的，天下哪有眞正的捷逕可走？

上個月〈華副〉有一篇胡子丹先生寫的〈翻譯也是寫作〉一文，想像您一定看到了。他和余阿勳先生一同訪問了日本《翻譯世界》的總編輯杉浦洋一先生，這位年輕的總編輯眞有抱負、有卓見。他說翻譯者一定能寫作，而且是寫作能力很強的人，說得很對。我國當代許多著作等身的大名家，無不同時是極負盛名的翻譯家。前輩之中更不必說了。我覺得寫作容易翻譯難，難在受原作者思想感情的拘束，卻要能擺脫拘束，從而化入其中，與原作者的思與感合而爲一（此際尤其重要的，是了解作者的生活背景和他用語的習慣），乃能隨心所欲地，流暢傳神地表露無遺，沒有您所批評的「當散不散，似物凝滯」之病了。這是一種再創造的工夫，豈僅雲淡風輕隨筆塗塗寫寫而已。例如您將瑪琍的小品題目〈水堅於石〉，改用老子語中〈上善若水〉，就涵義廣且深，更上層樓了。但此非對我國典籍有深領悟者不能爲。許多極具中外文學修養的人，都寧願創作，不願翻譯，覺得這份工作太辛苦，苦多樂少。只有沉櫻女士有相反的感覺，她對我說過，譯多了，就變得很懶，自己不願構思組織，只把別人的作品消化了傳達了就很快樂，而且在閱讀與欣賞原作過程中就是一份快樂。且每天可以定時定量地譯，不像自己寫文章，終日苦思，不得一字。相信您一定與她有同感。這正是因爲你們擅於譯亦長於寫，才會有此感覺。對我來說，捧著字典，勉強能讀完一部名著，略有心得，就不禁沾沾自喜了。曾偶然試試，某一段或某一句最震撼我心靈的文字，如把它譯爲中文該怎麼著筆呢，就立刻茫然不知所措了。所以我非常欽羨翻譯家。平生最遺憾的就是沒能對英文下工夫。記得我三十八年剛到臺灣時，曾立下宏願，要把英文學好，要學會英譯中，還要能中譯英，到今天卻是寫封普通的信都吃力。三十年悠悠歲月，已付東流，現在後悔又有何補。所以凡遇到英文根基好，對寫作又有興趣的年輕朋友，就極力鼓勵他們多用功，從這兩方面同時努力。我國當代名作之英譯工作，人才的需要太殷切了。還有無論英譯中或中譯英，稿費都要大幅度的調整提高，我們政府尤當積極予以支持與鼓勵。

您除了翻譯、寫文章，還讀詩，而且將古人詩集句，天衣無縫地成爲另一首好詩。這不是文學遊戲，而是詩的再創造。古人生活悠閒，常有極妙的集句，現代人就很少有此閒情逸致了。您卜居郊區幽靜之處，生性又恬淡，譯述之餘，胸次中自有丘壑。示我的「愛月憐山不下樓」（趙嘏）集句，題目我就很喜歡，有飄然物外之概。

心遠境亦靜（黃山谷），南山橫我前（楊萬里），
結廬在人境（陶　潛），福地話眞傳（杜　甫）；
夜靜春山空（王　維），月明山景鮮（陶　翰），
不爲事物役（曹　勛），得憩雲窗眠（李　白）。

全首八句，安排得很貼切而嚴密，起承轉合很自然。第一句寫心，第二、三句寫景，第四句寫心，第五六句寫景，七八二句是心靈與景物的融合而達到物我兩忘的境界。第一句末字「靜」字與第三句末字「境」字在國語中音近，在我們南方音中不同，所以仍舊無妨。不能以聲廢意，您說是嗎？中國古典詩可以修養身心，其功效尤勝於讀老莊或佛經，因爲前者是與你共哀樂，使你這顆心有個安排處，後者卻硬要你跳出哀樂。魯鈍如我者，反而惶惶然、茫茫然有失落之感了。您這首集句就頗能道出您的山居生活，怡然自得的況味。正是瑪琍所形容您的「書生氣質」。我曾在電話中告訴她您集古人詩句的興會，她問我是怎樣的詩句，我可沒法翻譯，只能告以大概意思，她連聲讚Terrific, wonderful!美國人最最喜歡說這兩個字。您說這兩個字怎能形容中國詩的奧妙呢？與她談話中，我深感在這方面無法溝通之苦。

對了，您那次看到我偶然以〈開口笑〉爲題寫的短文，也正巧發現黃山谷詩中有句云：「家釀可供開口笑，侍兒工作捧心顰。」幽默地說莫不是這種油炸食物的名字，是從宋代傳下來的。第二次，您又在山谷詩注中發現兩句：「終日思歸碧山岑，一生幾能開口笑。」卻正道出了我此時心情。您的讀書用功與情趣，也由此可見。

您告訴我，四月二日《紐約時報．書評》載：托爾斯泰說一生影響他最大的書，到晚年有我國的《論語》、《孟子》與《老子》。這眞是值得我們中國人欣慰而且警惕的事。想到恩師曾對我說：「平生過目萬卷，總以《論》《孟》爲最味長，甚盼於誦讀詩詞與近代文藝著作之餘，能重溫舊課，多多背誦，必能益爾心靈，啓爾智慧也。」自恨一生懶散，讀書太不用功，倒總是勉勵年輕同學們，尤其是大學中文系、外文系的，無論如何，要抽點時間讀《論》《孟》《莊子》。古書的背誦，非得在年輕之時，年事長大後，才可時時默記，深深體會。文學寫作，即使能得心應手，而體驗人情，觀察物態，總要以一顆民胞物與的溫厚心靈，這是放諸四海而皆準的不變之理。托爾斯泰是一位人道主義的大文豪，晚年才有如許深湛的境界與修養。我想海明威如能讀讀《老》《莊》或《論》《孟》，也許不至於對人生的存在感到幻滅而自殺。日本的三島與川端也許都是迷於「死亡」本身的悲壯。文學之最高成就者，有此結果，不能不說是七十年代的悲哀。我個人認爲文學的最高境界，必然是道德的、哲學的，也是宗教的。從司馬遷的《史記》，到曹雪芹的《紅樓夢》都是如此。是作者從坎坷慘痛的身世中嘔心瀝血而出。前者充滿了道家思想，後者瀰漫著佛教氣氛，但讀後並不會使人消沉，反而使人懂得如何歷練人生。文學作品，如著意在表顯什麼主意，或刻意於寫作技巧，但若不能使我感染一份崇高的道德氣氛（我指的不是說教），我總是不能欣賞。不知您是否會認爲我太固執、太迂闊？

——六十七年七月

傷逝

剛剛參加了一位友人的葬禮歸來，心情黯淡而恍惚。逝者是外子同事俞先生的夫人。她面目如生，安詳也閉著雙目，平臥在棺木之中，沒有絲毫與疾病掙扎的痛苦痕跡。粉紅色的輕紗飄在臉頰邊，繽紛的鮮花環繞身旁。化妝師將悲傷的「死亡」，妝點得如此悽麗而肅穆。使弔喪的親朋戚友們，能對逝者作最後的一瞥。於含悲飲泣中，彷彿望見這位賢淑夫人的靈魂，已帶著人間無限的愛和祝禱，上升天堂。

墓地離俞宅不遠，俞先生爲夫人購置一座較寬敞的墓穴，供她安眠。因爲她是個心胸開朗之人，不耐湫隘小屋。送葬者每人手執素花，恭立一旁。眼看工作人員將這具沉重的棺木，徐徐垂入墓穴之中，親友們將鮮花紛紛抛在棺蓋之上，然後，一鏟又一鏟的泥土，一層又一層地撥蓋上去，漸漸地棺木被埋在下面，看不見了。眞個是「桐棺三尺，永隔人天。」想想所謂的「音容宛在」，只不過是生者的自慰之言吧。一位爲喪事奔忙的朋友告訴我，這具銅質厚棺加上水泥槨，可以保持幾千年，好長久的幾千年啊！如果夫妻的緣分，不是「他生未卜此生休」的話，幾千年可重結多少次姻緣呢？

我想起去俞宅探病那天，俞大嫂奄奄無力地躺著，我不忍多打擾她，但又不忍馬上離去，就起身在室內躑躅。抬頭見壁間她和俞先生的結婚照，新娘那一臉青春幸福的笑靨，那一脈嫵媚的眼波，和病床上衰弱憔悴的容顏一相比，我的眼淚幾乎奪眶而出。另一張是他們夫妻子女的全家福照片。看俞大嫂健康滿足的神情，誰能不相信，她是個與丈夫白頭偕老，享受兒孫繞膝的有福之人。我懷著悽愴的祝福回頭看她，她微閉雙目，默無一語，我就低聲向她道別，她那一聲微弱的「再見，謝謝你。」聽了眞令人心酸。

我就這樣坐在屋子裡，靜靜地追憶。去年此時，我大病剛出院。外子因要事不得不於晚間外出，我一個人躺在床上，感到孤寂與無助。門鈴響了，我掙扎著爬起來開門，進來的就是俞先生夫婦。俞大嫂一手提著一鍋熱騰騰的雞湯，一手攙扶我回到床上躺下。我感到她的手臂是如此壯健。從她身上發出一股熱力，使孱弱的我似乎一下子就找到依傍。她道地而快速的滬語更給了我一份親切感。接著另一對朋友夫婦也接踵而至。她們爲我倒水遞藥，噓寒問暖，人間最溫暖的，莫過於客鄉病中的友情。病癒迄今，我一直滿懷感謝，俞大嫂的琅琅笑語聲，尤其時在耳邊。

記得有一次我說起自己病後心緒不佳，不能讀書寫作。她笑嘻嘻地說：「你不要老想到自己是寫文章的，就不會爲寫文章著急了。」一語點醒，果然使我心情輕鬆不少。又有一次，我們在電話中談起學開車。我說自己連腳踏車都不會騎，這輩子再也不敢學開車。她大笑說：「腳踏車只有兩個輪，汽車四個輪，永不會摔交，怕什麼？凡事要有勇氣，有信心，一定成功。」這就是她的性格，她豪爽熱心，樂於助人，行動快速。她的勤奮與毅力，尤其是她全家精神的支柱。她看去是如此的健康、樂觀、果斷，雙肩與丈夫分挑一家生計，照顧丈夫與兒女無微不至。像她這樣的人，實在是應當長命的，可是卻於四十餘盛年，被可怕的病魔奪去生命，她兒未婚，女未嫁，有多少心願未完成，多少盼望未實現。她能甘心就這麼早早離開人世嗎？

據醫院主治大夫的診斷，她患的是一種初期不易被發現的痼疾——狼瘡（Lupus Erythematosus）此症雖不像癌症那麼絕望，但其威脅性不亞於「白血球過多」或「肌肉退化」等症。據估計，美國至今已有四十萬以上的人患此病，每年有五千人死於此病。所以醫學界已感到談「狼」色變。南加州大學醫學院已創辦全美首座全身性狼瘡診所。我有一位朋友是資深醫師，他說國內亦已發現此種病例，臺大醫院已接受不少狼瘡病患者，且有人因此症致死。

八月份一份雜誌（Better Homes and Gardens）健康一欄，正好有一篇專文詳論「狼瘡症」，仔細讀後，追想俞大嫂患病中種種跡象，確實如文中所述。她一年來特別容易疲累，心情急躁易怒，偶爾發燒，關節痛，雙頰泛蝴蝶形紅斑，她自己與家人只當是工作過度疲勞，殊不知正是狼瘡的初期徵候。她的家庭醫師如能及早注意，檢查發現是此病，可用藥物控制，雖不能完全痊癒，卻可延長生命。可惜俞大嫂平時自信體魄強健，不大願意作健康檢查。直至四個月前漸感體力不支躺倒，又因本有輕微糖尿病、高血壓，使家庭醫師異常惶惑而無從下藥。送醫院急救，已使名醫束手，空施刀圭了。

文中說狼瘡有全身性和圓盤性兩種：前者時常在全身皮膚起蝴蝶形紅斑，後者呈鱗狀圓盤。但因時發時癒，患者常常當是皮膚敏感而易於忽略。這種發炎性的疾病會影響全身的結締體素（Connective Tissue）使細胞體素不能結合。如當作一般性發炎而服抗生素，適足以破壞結締體素而使全身腫脹。全身性狼瘡可以影響任何器官、破壞機能。漸嚴重而侵襲到腎臟。所以大夫爲她每天洗腎卻已回天乏術，最後侵襲到腦子，她就陷入昏迷了。

狼瘡的致病之因，據研究是由於緊張、疲勞過度，曬太多的太陽，以及服用太多藥物的反應。也有少數先天遺傳性的。全身性患者百分之八十是女性，大部分在十至三十五歲以內的，五歲以下幼兒患者絕少。

和癌症一樣，直到今天，醫學界尚未發明治狼瘡的特效藥。只有用藥物減少發作次數以保持患者體力，增加抵抗。輕微的症候還可以服用阿斯匹靈以減少關節發炎。當然，最重要的是充分的休息、保持心情的輕鬆樂觀（這也是任何疾病的良方。）信賴醫師，不要自己亂服成藥。比較保守的中國人，總是忽略作定時健康檢查，稍有不適，往往服點中西成藥，沒想到連咳嗽藥水也可能引起不良反應。

我不由得簡介這篇敘述狼瘡的文章，是因爲痛惜俞大嫂因此病致死。由於大家平時缺乏這方面常識而造成無可挽救的後果。俞先生傷心地說：「死者不能復生，但願人人能注意健康，提高警覺。萬一有狼瘡疑似徵候，立刻請教有經驗醫師，作徹底檢查，及時診治，並非絕症。」想俞大嫂生前最爲關懷朋友，如她泉下有知，一定樂於將病中痛苦經驗，週知親友吧。

——六十七年十月

與何英談食

何英：

你的《中國食府》已經出版了，眞替你高興。爲了這本書，你和出版社、報社的編輯先生們，細心經營編排所花的精神時間眞是不少。如今得以順利地送到讀者面前，使對烹飪本來有基礎的人，能夠根據你詳盡的指點提示，精益求精。只喜歡吃而不會做菜的人呢，也由於本書內容的豐富、文筆的簡潔、版面的活潑、插圖的精美，而引起對烹調的興趣。尤其是多年旅居海外的中國人，執著地要吃中國菜，實在不只是由於生活習慣，而是由於潛意識中對本鄉本土的懷念。就拿我來說吧，一看到封面上使人垂涎欲滴的烤鴨，就會想念臺北的「眞北平」惠而不費的各種好菜，尤其是那盤出水芙蓉似的八寶飯，使我的心一下子就飛越萬里關山，回到第二故鄉杭州，坐在西湖之濱的知味觀，品嚐香噴噴的蟹黃小籠包和甜而不膩的八寶飯。旅居中不必準時忙三餐，生活懶散，但由於你的食譜，也引發了我的靈感，把童年時學自母親的土法烹調術拿出來，和你的新法作個調和，豈不也稱是「研究發展」嗎？

記不記得我還曾打長途電話問你，獅子頭要怎麼做才會到嘴便化。我做獅子頭就是沒把握，有時很嫩很軟，有時卻可以當棒球，扔過牆還會蹦三蹦。外子譏笑我做菜是瞎子打拳，打不打得準全憑運氣。你想做菜明明是「中國功夫」，怎可憑運氣呢。現在有你這本《中國食府》就好多了。萬一做失敗了，一點不像你的示範菜而成了「窯變」（引用薇薇夫人的妙語），我也會賴給你，對外子說：「我是照何英的食府做的呀。」他就會捏著鼻子把菜吃下去，因爲他最相信「書上說的」。我們是多年老友，你不會因我砸你招牌，而生我的氣吧。

你這本食譜，所提供的菜餚，可說應有盡有，最後還附有中西點心做法、各式快餐做法。我曾試做過油酥餃和豆沙月餅，總算沒有發生「窯變」，而成爲可口的點心。我也試著用南瓜蒸熟，攪成泥，加入紅棗、桂圓、核桃等碎末代替豆沙，另有一股柔軟香甜的「家鄉味」。紅棗桂圓核桃是當年我母親做甜點的主料；直到今天，我一做甜點心總離不開這三樣東西，一聞到那股子香味，就使我懷念母親，和古老的好日子。外子總說我花費在做糕餅的時間太多，在美國，只要有錢，哪樣點心蛋糕買不到？他哪兒懂得我做點心時的那份心情呢。

你的烹調方法都比較簡便實用易於學習，在美國就地取材也方便。僑居海外的讀者們，如能人手一卷，就其中自己所喜愛的照著試做，先「自作自受」一番（這是小兒幼年時運用的成語，自己做來自己享受的意思）。試驗成功以後，再分饗家人，款待親友，眞是樂在其中。

你今春曾來紐約，我們相聚至歡，我原想請你來我住處，看看我的蝸居，嚐嚐我做的「母親的菜」，你體諒我大病初癒，寧可和另兩位好友約在外面館子裡吃。可是那大塊的魚，大塊的肉，實在令我難以下嚥，勉強地用冷水送下去，就格外懷念你食譜中的菜。你說烹調不是學問，只是雕蟲小技，生活上的點綴而已。這是你過分謙虛了。其實它正是生活藝術之一部分。且不說「民以食爲天」那句老套話，單是主婦們下廚，洗手做羹湯的那份細緻心情，就值得全家大小欣賞和感激。不論母親或妻子，甚至未出閣的少女們，一大清早想到今天做點什麼好菜給家人開胃，或款待嘉賓，就會細心計畫，做出色香味俱佳的菜餚，吃得盤盤見底，便是她們最大的榮幸。如果她們說：「這都是從何英的《中國食府》上學來的，」那你就是位大功臣了。

我認爲寫食譜的作者，必有與人同樂的好心，變化創新的匠心，樂此不倦的耐心。看你寫出菜餚的多種做法，又不厭其詳地爲讀者答覆問題，證明你的好心、匠心和耐心。我們相交十餘年，我對你的認識確是如此。在臺灣時，你爲《大華晚報》主答家政信箱，給年輕人解答問題，爲時達十八年之久。你寫《媽媽和乖寶寶》育嬰法，給初爲人母者許多指導。你的《家常菜》五集，和《營養飯盒一百種》，對你來說是小技中的小技，卻非常的切合忙碌現代人的需要。這些都足見你是如此樂意地花費精力時間，爲社會人羣服務，沒有久持耐心的人是辦不到的。

我最最喜愛讀的，還是你的散文集《海外探兒女》。文筆是如此的平易樸素，將美國的名勝景物，風土人情，以素描之筆畫出，其動人的主要原因，更是由於那一份眞摯的骨肉親情，比起有些刻意描繪景色，或搬了大篇參考資料中的歷史文物掌故，以炫耀學識，賣弄才情的冗長遊記，實在平實有情致得多了。這也許是我的偏見，但持有我這種偏見的人還並不少呢，不知你意下如何？

你的童話集《小梅的隱身衣》是六十一年出版的，我早已看過。《小金扣子》是上個月你寄給我後才看到。我一向喜愛兒童讀物。那裡面的故事、語言、圖畫，令人無憂無慮地回到童年，和天眞無邪的孩子們同樂。也使我想起擁在外公和母親懷中聽他們講了一遍又一遍的故事。聽得我自己全會講了還要聽。我時常想把那些傳統故事或神話寫出來，給現代的兒童們看，卻總是因循未曾動筆，也由於自己的想像力不夠豐富而不敢動筆。讀你的作品，倒給了我一些啓示，寫給兒童看的故事，首先得把自己化爲兒童般的幼小天眞，把天地間萬物都看成會說會笑、會憂愁會生氣的「人」，寫來就十分生動了。你那篇〈小水豆兒〉，將水化為蒸氣、雲，由雲而變為雨，再回到海洋的科學知識，用童話的筆觸寫來，使孩子們非常容易接受。〈長江裡的生日會〉、〈孝順的小田螺〉、〈小金扣子〉都是很好的童話，寓教育於感人故事之中，沒有一點說教口吻，我不能不佩服你這枝筆，一邊寫食譜，一邊寫兒童故事。讓老老小小，皆大歡喜。

兒童文學是兒童教育最重要的一環，國內教育界、出版界，對兒童文學的提倡鼓勵，已不遺餘力。世界兒童文學作品的譯介，固然可以豐富兒童的心智，但那究竟都是外國的故事，外國的情調，我們必須要有適合於自己兒童的本國兒童書刊。近十幾年來，臺灣省兒童讀物編輯小組，聘請專家學者從事這項工作，有計畫地出版了不少由本國作者寫的好作品，包括自然科學、社會科學和文學，讓國小學童得以大量閱讀吸收。《國語日報》與正中書局也在有系統的出版兒童讀物。最難得的是民間財團像洪建全兒童基金會，每年舉辦兒童文學作品徵文獎，包括兒童詩、童話、兒童小說，幾年來培植了不少寫兒童文學的新秀，這眞是一件値得慶幸的事。但不知政府所主辦的各種徵文獎，是否已列入兒童文學一項。你雖去國多年，而對於國內寫作界、文藝界，始終十二分關懷，所以不由得信筆與你談談。如你回國作一時期定居的話，兒童讀物的編寫工作，還能少得了你嗎？

說起你的編輯經驗，也眞是非常的豐富，你主編《國語日報．家庭版》的六年當中，文人們由於你的「緊迫釘人」，都爲你寫了不少稿子。眞是千古文章一大「逼」。我在五十八年出版的散文集，大部分稿子都是被你逼出來的。從那以後，倒眞養成了勤寫的習慣，眞不能不謝謝你呢。

你旅居海外，從楊先生不幸去世後，「頭白鴛鴦失伴飛」，不用說，你有一段非常悲傷黯淡的日子。但你究竟是一位握筆的人，兒女又孝順，不久你就振作起來，繼續寫旅遊文章、寫食譜，與讀者作心靈的交往，這是忘憂、忘年最好的辦法。在這本《中國食府》之後，不但很快將見續集的問世，也希望能很快讀到你的新散文集。

別再說「寫食譜算不得什麼」的客氣話，我卻覺得食譜的意義，並不只是供給人們美食的知識，而是提醒我們女性，於日常的飲食起居中，如何貢獻一己的心力，使家人親友獲得身心的健康，和精神的愉悅。而且以「食」會友，也可使人與人之間相處更爲和睦融洽，世界也變得更美好了。

——六十七年八月於紐約

輯三　那一片上升的雲

我心目中的美國黑人

美國的黑白問題，永遠無法解決。白人的優越感，一般黑人的自暴自棄，貧窮髒亂，造成彼此間更深的鴻溝。儘管他們的憲法上黑白平等，而心理上永遠不會平等。我住處附近有兩幢紅磚公寓，外表看來一樣高尚整潔；可是一幢租金高昂而客滿，另一幢租金低廉，卻只寥寥幾家住戶，全是黑人。房價大跌而無人問津，連我們中國人也不敢去租。凡是一幢公寓，只要有黑人遷入，白人就紛紛遷出。我就奇怪，難道黑人眞的會吃人嗎？黑人中不是一樣有高水準的智識份子，如大學教授、牧師、醫師以及歌星、拳王等等嗎？可是據說儘管他們都是文質彬彬、君子風度，而他們在白人心目中，除了私交甚厚者外，還是不平等的。他們內心仍有極大的苦悶。例如有一個中國女人嫁給美國人，他們的兒子愛上了一個黑人女孩，他們百般反對，直到那段婚姻告吹爲止，可見「誰來晚餐」那部電影，永遠只是電影而已。靠少數有良知的白人提醒又有何用？我也想起五年前訪美時，在拉辛一所「麥克來司脫學院」的晚會上，主人特地邀請一個黑人家庭來演唱名歌。當那位兩鬢蒼蒼的黑人，以低沉抑鬱的歌喉，唱出「不要以膚色來判別我（Don't just me by skin）」這首歌時，他指著手背的皮膚，幾乎聲淚俱下。我是不懂音樂歌唱的人，但我從他憂鬱的眼神，和滿臉的皺紋中，體會到他內心的痛苦。看著他那五歲的幼童卻邊唱邊跳無憂無慮，我不禁爲之泫然。

美國政府爲了想消弭黑白歧視，教育當局極力推行黑白合校，可是白人家長總是極力反對，甚至遊行抗議。有錢的就搬到猶太人住的區域。因爲猶太人有錢，住的高級住宅，貧窮的黑人住不起，小學裡黑人學生自然就少，即使有也是出自比較有教養的家庭。小學、中學老師都不願教黑人學生，因爲他們特別愛打架孳生事端，又不能體罰，至多罰他們不許坐校車一次。黑人學生甚至有持刀威脅老師的，因而老師罷教遊行，表面上以要求加薪爲理由，實際上是拒絕教黑人學生。他們曾經一度請黑人老師教黑人學生，但黑人學生又反對，認爲他們不配由白人老師教，對他們是一種侮辱。教育當局對這問題弄得手足無措。中學老師時常罷教遊行。你想他們一學期能唸幾天書，難怪公立高中畢業生連生字都不會拼，算術連乘除都不會。學校如此，社會也是如此，好像黑人註定了是上帝的叛徒似的。我看這大半是上帝對兒女的偏心，造成他們心理上的不正常。譬如一位中國鄰居的小男孩，在學校裡時常挨一個黑人同學打，向老師告狀也沒用，只好和他對打。其實這個黑人孩子是由於缺少母愛，對同學心懷妒羨。他每次對母親表示親愛，他母親總是木然無動於衷，使他感到失望和沒有面子，因而回過頭來就打同學一拳，以洩胸中之憤。黑人母親孩子太多，她們不但不節育，反而以多生孩子可以多領生活費、救濟金。甚至生的孩子父親是誰都不知道，聽來實在可悲。黑人如果有點錢，寧可沒好房子住，卻一定買一部豪華汽車，在公路上風馳電掣，以炫耀自己的財富，亦是一種發洩。

當然這是一般情形，事實上，黑人中多的是仁慈、善良、彬彬有禮之人。我，時常喜歡與黑人交談，在言辭神色態度上，探討他們的心情。我總想證明，人性無分膚色黑白，都是善良的。而我所遇到的黑人，眞的個個都非常好。這使我爲他們憤憤不平之心，得到一點補償。比如我那年在康奈蒂克參觀一所黑人主持的少年觀護所。那位不到三十歲的黑人所長，原是個音樂團的喇叭手。他年輕時做過小偷，下過監獄，可是他的良知教育了自己，改邪歸正以後，就以在街頭吹奏得來的錢辦這所簡陋到不能再簡陋的觀護所。他的同事都是黑人，都很敬佩他、擁護他，讚美他是個小小的人物有一顆大大的心。我和他談得很多，回國以後給他寫信，他也回了我信。錯字很多，可是言辭誠懇而且充滿對人間的關愛。他說願意繼續和我通信，告訴我他自己的經歷。可惜我因太忙沒有繼續給他寫信。他的信我一直保留著作爲紀念。

眞的，並不是所有的黑人都是暴戾的。美國南部民風淳樸，黑人雖較少，而都彬彬有禮，與大城市如紐約的大部分黑人大不相同。可見得這不是人性有差別，而是許多客觀原因造成的。但即使是大城市中，也不是個個黑人都令人望而生畏。我生病住院時，惟一的一位黑人護士，服務態度及對病人的關懷，比所有白人護士都好，這不是我的偏見而是所有病人公認的。她胸前掛著銀質十字架，閃閃發光，永遠咧著一嘴雪白的美齒對人微笑。我覺得她比所有的白人小姐都美，她才是眞正的白衣天使，膚色又有什麼關係？

我還遇到過好幾個有禮貌、和藹可親的黑人。有一次，我在地下道裡迷了路，就向邊上一位黑人問路。他仔細指點我，帶我上下幾層樓梯，指點我應上的車。他手中提著一個紙匣子，我聽到裡面喵喵喵在叫，他笑笑說：「是一隻小貓，送給我姑媽的。」外子對我說：「你眞運氣，遇到一個和你一樣愛貓的黑人。凡是一個愛小動物的人，一定不會是暴徒。」這話應該是合邏輯的吧！

我對美國人從不問他們對黑人的看法，和自己中國人談起，他們都勸我不要太天眞，不可拿少數善良黑人推論。像七月裡那次紐約大停電，趁火打劫的大部分都是黑人。他們只是抱怨上帝的不公平，使他們如此貧窮，不得不搶劫，卻並不檢討自己的好吃懶做，破壞社會秩序。這種情形，確實令人感到可悲。

據說美國曾考慮到每州劃出一個區域專做爲黑人社區，但這是絕對行不通的。哪一州的白人願意讓出一塊土地給黑人？哪一個黑人不是美國公民，誰又願意被歧視地圈在一個固定區域裡？這也是違背美國憲法黑白平等的基本精神的。這一個由於林肯總統基於人類天賦平等所努力而種下的不平等問題，想來永無解決之日。即使眞有一天，黑人當選了美國總統，也沒法擺得平。我在想，只有耐心等待一二百年，白人因盡量節育而人數愈來愈少，黑人因大量生育，由今天的四分之一躍升爲四分之三。白人變成少數人種，美國成了黑人天下。十年水流東、十年水流西，到那時，他們得以揚眉吐氣，就再也沒有黑白問題的存在了。

——六十六年十月於紐約

記憶中的有趣人物

六十一年春，我以訪客身分，參加了愛荷華大學國際寫作研討班的結業旅行。該研討班由愛荷華大學的一位教授所創辦，邀請各國傑出的小說家、劇作家、詩人，作爲期六個月的研究、講習。各人提出自己的作品，公開討論批評。被邀請者，不受國籍、性別、年齡的限制，卻必須在他們本國已經成名，有多種著作問世的作家。因此在這個寫作班裡，誰也不比誰低，誰也不必說「請多多指教」等的客套話。在討論的時候，各人都盡量說出自己作品的優點，挑剔別人的缺點。他們所批評的，不一定都很中肯客觀，態度也不一定都能謙沖和平。有時詼諧笑謔，有時吼叫謾罵。某一次，一位作家譏諷旁人的小說是trash，說自己的是神來之筆，兩個人幾乎打起來。但也有彼此性情非常投契的，於酒酣意足之際，勾肩搭背，引吭高歌，唱出了內心的眞感情，沒有國際或種族的界限，可謂眞正到達了「以文會友」的境界。

這一期一共是十六位來自不同國度的作家。我國的戲劇理論兼劇作家姚一韋教授，就是被邀請的一位。不論他們本國的政體如何，他們本人都有一個共通點，就是愛自由、愛和平；恨極權、恨暴政。有好幾位更是飽經滄桑、閱世極深的作家，他們對於是非有極嚴謹的選擇。其中有一位捷克的小說家兼電影導演阿諾魯蒂克（Aronst Lustic），二次世界大戰時，他才十四歲，全家被德軍關入集中營，親眼看見父親被殺，母親因受不起虐待而自殺。童年的心靈烙下了沉痛的印象。大戰結束後，他逃亡到蘇俄，發表了幾篇小說，又被蘇俄指爲「美帝份子」，因此使他痛恨蘇俄。捷克既爲蘇俄所控制，他不願回捷克，就一直流亡在美國。他的小說，得過國際獎，被譯爲各國文字。這樣一個歷盡變故的人，想來一定滿臉創痛的皺紋，說話時語調低沉，眼神凝重。再沒想到他卻是生龍活虎一般，愛說愛笑。一副滿不在乎，玩世不恭的吊兒郎當相。尤其喜歡在太太面前發人來瘋。他太太賢淑端莊，待人十分誠懇。寫作班將結束前，在她家開晚會，由她負責燒菜。她做了好多樣精緻的菜，每樣都是捷克的家鄉味，她對我們講解烹調過程時，好幾次眼圈兒都紅了，可見她多麼思念家鄉。可是她和丈夫仍舊不願回到鐵幕中去。他們要想盡辦法留在美國，直到祖國恢復自由。我送她一幅竹編的台灣風景，和一把銅質古式小鎖。開玩笑地對她說：「你先生太活潑了，你要小心鎖住他。」她笑笑說：「他在鐵幕裡已鎖得夠了，我怎麼忍心再鎖他。」

我在四月三日到達愛荷華，五日即參加寫作班出外旅行，因而與姚一韋教授成了非常談得來的朋友，他爲我介紹他同房間的韓國詩人陳長江（譯音）。他們五個月來都住在一起，又是同文同種的東方人，雖然交談須賴英文，而彼此的感情思想仍較易溝通，姚公（這是我們對他的通稱）頗有幾分酒量，韓國詩人尤能豪飲，他們更可說是酒逢知己了。我因在八年前曾訪問過韓國，與他一起談韓國的幾位名作家以及韓國的名勝古蹟、風土人情，也就有他鄉遇故舊之感。在旅行中，時常一起參觀，一起進餐。在明尼蘇達聖堡羅城的麥凱蘭斯特學院（Macalester College），我們三人同被邀請在一位教日本文學的費雪教授（Fisher）課室裡介紹本國文學。陳先生講韓國現代詩，並朗誦了古典詩與現代詩以及他自己的詩各一首。他是學西洋文學的，可以英文寫作，語言方面，初到時頗有困難，現在已能流暢地表達了。從他的演講與認眞嚴肅的神情裡，可以看出韓國人那一份當仁不讓的昂藏性格，而他朗誦詩篇時忽爾高亢忽而低沉的音調，足以聽出這個東方古老民族抑鬱沉雄的心聲，以及他們接受西方現代文學洗禮後的開放與灑脫。姚公講的是中國平劇，將平劇的象徵與各種角色所代表的人物性格做了一番介紹，然後唱一段老生戲以爲示範。我也講了中國詩詞演進的簡單過程，並以家鄉音唱了兩首詞。這一堂課，對他們來說，可稱得多姿多采，輕鬆愉快，費雪教授也問了我們很多問題。

旅行團在聖堡羅和拉辛，團員們每人都有朗誦詩的節目，各人都以本國文字朗誦，由節目主持人念譯詩。他是寫小說的，詩不是他的當行，而且他那副懶洋洋有氣無力的樣子，減少原作精神不少。幸得每一位詩人，朗誦自己作品時，灌注入了他全部的感情，那抑揚頓挫盪氣迴腸的韻調，充分傳達了發自心靈的嘻笑怒罵。林懷民和鄭愁予太太特地搭飛機趕來，林懷民表演莊周夢蝶的現代舞，博得全體熱烈掌聲。愁予太太演唱了中國民謠，大受讚賞。我也以鄉音唱了自己的詞，並表演了一套太極拳。詞是自幼學自塾師的自由調，洋人聽來十分新奇，只因是「聞所未聞」。太極拳在美國正走紅，我只是平時健身的簡易太極拳。散會後許多先生女士都來「請教」，我還得說出一套太極陰陽的道理，告訴他們每一個動作都要保持圓和中正；打拳時全神貫注，心平氣和，不像西洋拳擊或日本摔角那樣窮凶極惡，欲置人於死地。可是我們中國人外柔中剛，不主動侵犯別人，卻絕不受人侵犯，誰若是打擊過來，回過去的正是他打擊過來的力量，以其人之道還治其人。大家聽了也覺頗有道理。這正是黎東方教授所說的「到了西方賣東方」也。

寫作班裡每一個人都有特出的個性，有一位奈及利亞的劇作家，平時獨往獨來，不大合羣，可是在節目表演中，他領導大家唱民謠，一臉的純樸和手舞足蹈的輕快神情，立刻使我覺得他是個很可親的人。在行車中，我找個機會和他坐在一起，問問他國家的民情風俗。他說他們完全是男系中心社會，女性是絕對的服從。一夫多妻是很普遍的現象，但丈夫在娶第二位太太之前，必須得到第一位妻子的認可，一經同意不可再有異議，一家和睦共處，異母兄弟姊妹之間，感情都很融洽。所以很少發生什麼家庭問題。他認爲美國人離婚之多，看起來是對愛情認眞，其實是太不認眞，因離婚容易，濫用愛情，造成子女的不幸。一個家族的組成，除了愛情，還有感情和道義。他說好幾個妻子，同心合一共愛一個丈夫是最高尚的愛情，家庭中不用彼此欺騙，情趣也更爲濃厚。他問我們中國情形如何，我答以一夫多妻在中國早成過去了。他笑笑說：「在你看來以爲我們社會落伍不夠進步，我看現代文明所造成的悲劇至多，倒不如我們保持現狀更好。」社會背景不同，看法各異。我問他幾個太太，他說現在還只有一個，他太太受過高等教育，現在歐洲修音樂碩士學位，這情形在他國家眞是鳳毛麟角了。

一位羅馬尼亞詩人Marin Sorescu，太太婉順溫柔，對丈夫體貼無微不至，丈夫卻有點任性，時常不理她，揚長而去。發起脾氣來，幾天不理睬太太，上車都故意不和她同坐。太太眼淚汪汪地望著丈夫，我看了非常不忍。我們言語不通，她不會說英語，我們比手畫腳地交談，我發現她氣質很像東方人，因此非常投契。我送她一個魚骨別針，她說很喜歡吃我燒的中國菜，希望有一天，能戴了別針來臺灣觀光。問臺灣會不會歡迎從他國來的人，我說我們極希望世界各國人士對我們自由中國有眞正的認識，只要誠心誠意來的，不論哪一國的人，都是我們的朋友。

有一位南斯拉夫的詩人Tomaz Salamun，性格粗獷，看去像個辛苦的農夫。他很刻苦，每天束緊肚子，把零用錢節省下來寄回給太太，希望能把太太接出來。所以只要遇到不必自己花錢的場合，他就大吃大喝一頓，然後兩三餐不吃。我們在芝加哥唐人街一家廣東館吃飯，由寫作班公費請客。他蓬頭垢面而至，狼吞虎嚥，眞是吃個老母雞不抬頭。大家開他玩笑，把各桌剩菜殘羹都到在他盤子裡，他都一掃而光。大家拍手笑他，他也滿不在乎。我看他一臉坎坷的肌肉，想像他的詩中一定含蘊著一股爲生命、爲自由而掙扎的潛力。

一位匈牙利劇作家Ferenc Karinthy很健談，消息也最多。有一天我們一同在愛荷華最豪華的一家餐廳（High Lander）吃飯，他說得很多。他說在布達佩斯有中共使館，可是從來沒看見一個中國人自由自在地在街上逛的。他非常喜歡美國的自由氣氛，希望他的劇本路易十四、十五、十六能在愛荷華大學的Inter-national Union Building上演，他或可再度來美。他雖喜歡留在美國，但更愛自己的祖國。匈牙利被蘇俄所控制，他們都非常恨蘇俄，但對自己受控制的政府頗能諒解。

他有一架秤，住在「五月花」的每個人要寄東西回去，都來他屋裡過磅，他就和大家閒談，所以知道的事特別多。他幽默地說：「秤是衡量輕重的，也是秤他們的憂愁的，透過秤，我了解他們很多。」他說公寓中有兩個羅馬尼亞作家，起先彼此互不交談，生怕對方是奸細。在蘇俄控制下，人心變得如此的猜疑戒忌。可是愈是如此，他們愈是要追求自由，因爲自由是寫作的泉源，也是生命的泉源。

他說了一個鐵幕笑話，一個捷克作家到了蘇俄，蘇俄人看他衣冠楚楚，問他從哪裡來的，他回答是從捷克來的。蘇俄人吃驚的說：「那你一定是從西捷克來的了。」在蘇俄百姓的心中，以爲捷克也像德國似的分爲東西，這眞是世界性的諷刺笑話。

巴西詩人荷塞諾Joe naud舉止談吐非常的溫文儒雅。他黑髮修得圓圓的，四面略略披下，像十四五歲的男孩髮型。衣履整潔，沒有那副衣衫襤褸，囚首垢面的嬉痞詩人相。寫作班爲他安排一個朗誦詩的節目。他首先將巴西的現代詩作一個介紹。他說在唸大學時，對英美文學十分反感。認爲英美人充滿了侵略旁人國度的野心，沒有文學可談。後來讀了許多英美詩，才發現一個偉大的原理，凡是詩人都懂得如何去愛。沒有愛心的人就不能寫詩，文學的最高境界將打破國家民族的界限，心靈交流。這次來到美國，與各位朋友交往後，更有此感。詩人的理想就是愛的世界（我想這也就是我國世界大同的理想吧），他朗誦了好多首現代詩人的詩，由另一位美國詩人朗誦譯詩。每人手中都有一份講義，可以對照著邊看邊聽。我雖不懂西班牙文，但和諧的音調和抑揚頓挫的節奏，都能引起你怡悅的心情。譯詩的文字極美，想來定能對原作傳神。有一首詠小鼠的詩，以短音節象徵小鼠們的細語商量，以活潑有趣的字眼形容小鼠的忙碌動作。捷克的魯斯蒂克說，有一次一個捷克詩人也寫了首小鼠的詩，被批判爲太「布爾喬亞」，缺乏社會意識。他聳聳肩幽默地說：「我只好做那隻小老鼠，不要寫詩了。」

我聽了很多朗誦詩，覺得西洋詩也充分把握了文字本身的音節與聲調，發揮了韻律的美，意象的美。把這些詩譯爲中文，即使是高手也很難保持原作的精髓。每一國文字有他自己的特色。我們中國人寫現代詩，也應當盡量運用中國文字的音韻美、意象美。我覺得中國文字的組合所構成的意象與境界之美，是任何一國的文字所不能表達的，最淺近的例子如「春水」、「秋山」、「長空」、「殘照」等，兩個字就代表一幅畫面，一種境界，一派氣氛，譯成英文就很難貼切。此外雙聲、疊韻、陰陽、四聲四等的美，亦當充分加以利用，那才是中國人寫的中國的現代詩。有一天，我和荷塞諾談到這些，他感到非常有興趣，他說可惜他不懂中文，而我的英文又不夠充分表達那麼複雜的意思，深感悵然。

那天荷塞諾一直朗誦巴西其他名家的詩。沒有介紹自己的作品，大家認爲不滿足，一定要他朗誦自己的詩。他謙遜地說：「我這次研習，收穫太多，我應該把自己國家最好的詩介紹給各國朋友，我自己的作品還不夠這個標準，所以沒有唸。」一經大家拍手再三要求，他才朗誦了兩首詩。我們靜靜地聆聽。我覺得他朗誦的音色非常美。從他的聲調裡，多少可以領略到一點詩的韻味。這位巴西詩人的謙沖含蓄，實帶有濃重的東方詩人氣質。他的平易近人，尤其有泱泱大國民的風範。

姚一韋教授在中文系的亞洲之春節目中講平劇欣賞，他用幻燈片將生旦淨末丑諸角色的特徵詳作介紹，每種舉一實例說明該角色在該劇中所代表之人物，有時用唱片，有時用彩色幻燈片示範。繼爾講到平劇的特質與他的基本精神，聽得大家非常入神。尤其是梅派的一段南梆子，令人發思古之幽情。大陸曾將一部分平劇「改良」成為三不像，穿著列寧裝，揮舞著步槍大唱西皮快板，把國粹破壞無遺。姚教授將平劇的眞正面貌與內在精神介紹於外人之前，使他們明瞭什麼才是中國固有文化，實在是具有深長意義的一項工作。可惜那一天一位小說家唸他自己的作品，分去了一部分聽衆。這位小說作者也是寫作班協助安排節目人之一，且也是姚教授的朋友。他偏偏要選同一天舉行他的朗誦會，也許是深信自己的作品有比中國平劇更叫座的把握，有意與姚公打個對臺。這就是美國人與中國人的不同，他們處處充滿了挑戰的氣息，作為主人之一，仍缺乏禮讓的美德。這位小說家尙無正式作品問世，只寫些True Confession之類的通俗小說，可是自視不凡。自視不凡的人，我就很少向他請教。姚公的態度恰巧相反，他與人討論問題，立場儘管堅定，主張儘管明確，可是態度總是十分謙和，絕不臉紅脖子粗的和人爭吵，更不會把自己看作天才，對人愛理不理。他好客，人緣極好，他喜歡喝酒，五月花公寓裡每一位都被他請去喝過酒，錢用得大方，絕不像西洋人那樣斤斤較量。因此他能酒逢知己，交了幾個眞性情的好朋友，韓國詩人外，他很欣賞小弟弟林懷民，兩人時常一同飲酒至深夜始歸，有時自己手忙腳亂地煮了麵，也要請朋友來嚐嚐。從他身上，你可以領略到中國人「四海之內，皆兄弟也」的廣大胸懷。他說初來時不大習慣，不喜歡美國那種緊張快節奏的生活；現在不但能適應，而且也變得活潑起來，穿上粉紅色襯衫喇叭褲，在國內課堂上那副嚴肅的老夫子臉容沒有了，代之的是笑口常開。他說愛荷華是個很特別也很可愛的地方，他會使你變得年輕，我想這也是美國人開放性格的好處，値得我們學習。以中國人內在的穩定沉著，加上西方人外在的生動活潑，那就更完美了。因此我也希望美國人能學學中國人的謙讓含蓄，這又未始不是東西精神文化之交流呢？

寫到這裡，我想起姚公唸給我聽他的一首舊作〈詠啼鶯〉七律詩，附錄於此：

「啼盡南枝又北枝，摧肝泣血莫能辭。未隨燕去危樓在，已共花飛落魄時。出谷何曾爲擇木，含桃未必是療饑。鳳城難覓傷春客，辜負芳心總不知。」弦外之音，令人反覆低徊。這和各國詩人的朗誦詩相比，另是一種情調。姚公以現代文學的理論家而有舊文人的儒生氣質，他的被邀請，正為國際寫作研討班生色不少呢。

——六十五年三月修訂

驚心動魄

人類是健忘的，像七月中旬紐約的大停電，以及四十四口徑的狂殺手「山姆之子」，當時報紙雖以大新聞刊載，現在卻成明日黃花，在人們印象中早已淡去。但我以一個異國人在此，一想起就心有餘悸。因爲說不定什麼時候，這種事還會再發生，就像大颱風或地震似的，誰也無法預料。我們有一位鄰居可能是猶太人，我問他對這類事件有何感想，他笑笑說，「做爲這個國家的國民就有這點好，什麼奇怪、危險的事，你都有好運道碰得上。」

停電那晚，我正好住院動手術，麻醉藥初醒，一切都在昏昏沉沉中過去，外子早半小時從醫院回到了家，不然就被封在地下道摸索，那他眞碰上好運道了。報載黑人搶劫、打店鋪、搬汽車、運家具，一夜之間，攪得紐約市成了黑暗地獄。抓進去好幾千人，過幾天又統統放了出來。美國是講人權和自由的，好像法律的制裁，反而限制了人權和自由。記者問一個黑人：「你們為什麼搶劫？」他說：「我們太窮了，這是不公平的，所以上帝給我們一個沒有燈火的黑夜來搶劫。」原來是上帝的旨意，還有什麼話可說。報紙上也感慨地說：「十年前紐約大停電，人人彼此互助，平平安安，沒發生一點事。十年後的今天大停電，卻是人人彼此相打擊。」美國的世風日下，也就可見一斑了。

那一陣子四十四口徑狂殺手的恐怖事件，國內報紙想亦曾報導過。這個自稱「山姆之子」的喪心病狂者，一連殺了將近十個人；起先是在夜總會娛樂場所，漸漸目標移到市中心區。就像深山猛虎橫行鬧市，人人都有被殺的可能，連警察都莫奈他何。甚至黑手黨都要「仗義」出來捉拿了。幸得正在他著手下一個殺人計畫之前被捕了。在他的預定「計畫書」中，還包括了掃射世界貿易中心人潮最多的時刻，眞令人不寒而慄。那幾天他大出風頭，冷酷如刀刻的臉容出現在所有報紙的最顯著處，更重要的消息都得為他讓步。記者、出版商都爭取他的新聞。他以前的女友立刻公佈他給她的情書，以爭取出風頭機會。精神病理學家認為他心理不正常，對自己所作之事，可能無法負刑責，也可能無法出庭聽審。法院像保護要人似的，把他送到醫院去接受檢查，及心理測驗，深恐受害人家屬對他採取報復手段。美國眞是重視生命與人權，可憐的是那些死在他槍口下的冤魂，到閻王面前都無法告狀了。有一個猶太人說，「如果我是警察，抓到他就一槍把他打死，免得醫師與律師費神。我們在街上見到一隻瘋狗，不也是先將牠打死嗎？」猶太人是一直保有傳統舊道德的，他們雖爲美國公民，愛的還是自己的祖國以色列。他們對子女管教極嚴，卻沒想到也會出現「山姆之子」這種人物。

這個「幸運兒」在鑑定期間，居然收到無數少女對他示愛的情書，有的還寄給他金錢表示對他的同情。而那些被殺者以及他們悲痛的家屬，卻早已被人遺忘了，這算是什麼社會呢？直到最近，專家鑑定的結果才宣佈他有聽審能力。可是紐約州早已廢除死刑，他即使被判刑，也是二級殺人罪，至多不過幾年徒刑。說不定哪一任總統高興起來，一個特赦令就釋放了出來，依舊是叱咤風雲的好漢一條，而且還可大寫回憶錄，大拍電影發橫財。總算有一位具有正義感的議員，憤怒地提出一個議案，如果這個殺人狂的小說一旦暢銷，所有版稅收入應當逐一賠償受害人家屬。也有人主張恢復死刑，更多的人又堅持廢除死刑才是最人道的。但不知滿街狂殺是不是合乎人道？如果被殺的是自己的骨肉家人，是否一樣的寬大爲懷呢？《紐約時報》上讀者投書說：「如果山姆之子不處死，依舊消耗寶貴的糧食，我以後就拒絕納稅了。」可見具有是非感的人也是不少。我國古代，好像老子是不主張以死刑嚇阻的，他說「民不畏死，奈何以死懼之。」我想他老人家的本意，還是著重在以無爲而治的教化，啓發人類良心，可是眞正頑劣不可救藥者，仍不能不以重刑懲治，所以他說「兵者是兇器，聖人不得已而用之。」亂世用重典，也就是「不得已而用之」之時吧。我是信佛的，連螞蟻都不忍殘殺，但我堅決主張故意殺人者死，罪無可赦。美國自己標榜重視人權自由，但有時反而歪曲它的眞正意義。像對於這個瘋狂殺人者，就是一個例證。

「殺人狂」事件之外，又是波多黎各革命恐怖分子，爲了要求獨立，在曼哈登市中心區各大建築物裡埋藏定時炸彈。外子的辦公地點是世界貿易中心，在中午聽到廣播命令緊急疏散。那一座大樓有兩萬多人，一時都如熱鍋上的螞蟻，不知應當往哪個方向跑。警察與消防人員大批出動搜索清除，也不知炸彈究竟埋在何處，但已有兩處爆炸有人死傷。我在家中，當時並沒聽收音機，懵懵然並不知道發生這樣可怕的事件。下午一點多鐘，外子回來，一臉的疲乏，只對我說了個大概，就往長沙發上一倒說：「先擺平身子，睡個大覺吧。」他倒是落得撿來半天休假。我問他像這類恐怖的事，還會有可能再發生吧？他笑笑說：「誰知道呢？這是無奇不有的紐約，不是臺灣。」他遇事慢半拍的性格，在這樣瞬息萬變的社會中生活，只好處變不驚，不然眞會得心臟病呢。

至於唐人街的華青幫尋仇兇殺事件，屢次發生，不但驚心，尤令人痛心。世代僑居美國的老華僑，原來是最最重視中國傳統道德的。在過去，儘管美國青少年問題十分嚴重，卻沒有華僑子弟在內；華埠社會在美國人心目中是傳統道德的象徵，中國人也一直引以爲榮。而如今卻成了罪惡的淵藪。如僅僅是青少年問題，已足夠令人懷無限隱憂，更何況其中還摻有政治因素呢？

——六十六年十一月於紐約

陽光下的老人

我在附近的樹蔭下散步，一位白髮皤然的美國老婦從旁邊走過，她轉過臉來問我：「你為什麼不走在太陽裡？你看太陽多好？」我說：「多曬太陽我就會頭昏。」她笑著搖搖頭說：「你錯了，太陽是最好的營養品，別相信任何牌子的維他命丸。我的腿痛就是太陽曬好的，我每天三次散步，每次一小時。」她和我並排走著，滔滔地說下去：「我已經七十四歲了，希望活到最後一天，都是這般健康。否則沒有人能照顧我，我的兒子五十多歲，就住在同一幢公寓的樓上，卻從不下樓來看我。他結婚二十五年又離了婚，就一直過著單身生活，你說奇怪吧。我孫兒孫女一大羣，卻沒一個來看他們父親，更不來看我；我好想念那個六歲的玄孫，只有他對我笑得眞心眞意，但他不可能單獨來看我。我也習慣得很，散步以外，就是去圖書館看書報、小說，或是去養老院找朋友聊天，覺得自己比他們還自由多呢。」她走得比我還快，到她家附近時，她掏出鉛筆，寫了地址給我，說：「知道你們中國人最和善，你肯來談談嗎？」我答應盡可能會去看她，就和她握手道別了。再回頭看她時，銀色短髮已消失在太陽的光影裡。

我不知道自己會不會去看她，因爲總感到時間不夠用。美國人忙，我們中國人更忙，連我這個暫時作客的人也這麼忙。老年人就這般被冷落了，只有暖和的太陽，不時照顧他們。

另有幾次，我向左邊的人行道走去，在街的盡頭一家，總看見一位老人坐在輪椅裡曬太陽；或是在敞開的車庫門口，哈著上半身在摸摸弄弄。我走過去和他打招呼，他手裡正拿把鉗子，笑嘻嘻的，透著滿面紅光。我問他在做什麼，他說「修理孫兒的腳踏車、雪車，或給孫女編一幅窗簾。不管他們喜不喜歡，我總是給做了，覺得自己還是個有用的人。」我說：「年輕人都出去工作了，你倒也自得其樂。」我不敢說出「寂寞」二字，他似已懂得，笑了笑說：「他們都很好，但不能不工作。他們都使我覺得我是家庭中重要的一員，這是很不容易的。我們是從歐洲來的，跟美國人有點不一樣，老人還是很受敬愛的。」他又指了指豔陽下繽紛的花木說：「你看春天多美，對老老少少都一樣好，沒有一點偏心，我覺得很高興。」

簡單的語句裡，看出這位老人的開朗；可惜他的話口音很重，我不能完全聽懂。

至少，相信他是位欣賞晚年的快樂老人，陡然覺得他的童顏鶴髮，和溫煦的陽光融成一片了。

——六十七年春

那一片上升的雲

——簡宛的文和人

許多年來，簡宛的文章，散見於各報章雜誌，我只要有機會看到，一定不會錯過閱讀。覺得她文筆清新平易，內容言之有物，感情之眞摯，尤使我有與作者似曾相識之感。來美以後，於閒適中得以再仔細展讀她《地上的雲》和她的第一本集子《葉歸何處》。我十分欣喜地要爲這兩本書下一個簡單的註腳，就是一個「愛」字。二書的每篇文章，都分別以不同的題材和手法，闡明了愛的眞諦——對國家民族之愛，對親人骨肉之愛，對師友之愛，對大自然一花一木之愛，對全人類廣大的愛。正如她妹妹靜惠在《葉歸何處》的作者介紹中說，「大姐是充滿愛心的人。」惟有充滿愛心的人，才能寫出如此溫柔敦厚的篇章。她旅居海外逾十年，憂時感事的情懷，與日俱增，對出生長大的本鄉本土之思念，更是日益濃重；這一份強烈的感情，時時充溢於字裡行間。她對我國青年學子在外掙扎奮鬥悽苦之體認，和對美國社會人情世態的透視，都是以無比哀矜關切之筆，予以描繪與剖析。使人激賞之餘，繼之以嘆息。嘆息之餘，又不禁披卷重讀諸篇。要想與作者一同享受歡樂，分擔憂愁，也想對她所暗示的問題，尋求答案。

《葉歸何處》寫作的時間，是從不知愁的少女到初爲人母的少婦時代。空間是從臺灣到美國。第一輯裡處處都散發著芬芳的青春氣息，便算憂愁也是輕快的，幻夢也是絢麗的。在〈風雨故人來〉中，她說：「沒有夢的沉睡不香，沒有夢的清醒不眞。」少女少婦那一段做夢的時代，大度山東海那一段幽靜的歲月，培養了她不少文思，也使她的心靈一天天的沉靜、脫俗（這是她在《葉歸何處》四版後記中讚美摯友M的話。在我與她見面以後，我願以此四字來讚美她）。在〈再見，小屋〉中，她慨嘆好友星散，小屋漸遠，但她領悟到的是「支持我們跨過失望，追向理想的，仍舊是那烙在思維裡的友愛。」簡宛生活在豐盈似蜜汁的愛裡，從〈感恩的日子〉一文中，可以看出她自幼享受著阿婆、雙親、手足之愛。她於感受幸福中，願自己長命百歲，永遠擁有這些愛。她自謙地說：「我那瘦瘦的愛，小小的心，幾年來已經養胖了。」（《地上的雲》五八頁）她也將以滿心擁有的愛，散佈人間。

來到美國以後，她照顧丈夫，撫育愛子，加上一份繁忙的工作，可是她的書與筆從不曾離手。沉浸在圖書館是她極大享受。走過校園的湖邊，看「清冽的湖水映著一山的冬，」都會給她很大的啓示，她「不忘看看湖中的自己，今日之我，是否比昨日之我成長些，可愛些？」她是如此的謙沖好學，日新又新，難怪她文章之日有進境了。

最最使我感動的是〈愛語〉那一篇，那是她初爲人母時，對懷中嬰兒的喃喃絮語。一字字，一句句，像微帶感傷的午夜琴音，輕叩著每一位母親的心，因爲這也正是每一位母親心底對愛兒的絮語啊！她說得多麼對？「爲你受苦時，竟感到如此的神聖和莊嚴。」「愛的蓓蕾，必須在劇痛的破折中綻放。」這位情操高潔的母親對愛兒默許道：「我們要用愛孕育你，用美包容你，用眞和善教導你，盡我們所能，給你一個飄滿花香和陽光的童年。……我們絕不用我們的意志塑造你，絕不用你來彌補我們未完成的意願……我們將諦聽你的心語，幫助你克服困難，永遠支持你的選擇和意願。」

讀至此，我早已熱淚涔涔，不能自已，因爲我也身爲人母，我可曾一一做到？我更想起當年母氏的劬勞，對我無微不至的愛。日月逝矣，我頭已白，此生將何以報罔極之恩！

本書的第二輯是小說，作者以悲憫之心，婉轉之筆，寫出〈歸國新郎〉和〈出口新娘〉的婚姻是否幸福，雄心萬丈的學子，爲學位，爲賺錢，或是爲下一代在非我族類的黑白人種中扎根是什麼心情？我更爲喜愛的是以之爲書名的〈葉歸何處〉一篇，那含意深長的篇名，正涵蓋了以下諸篇的主題，也使我惆悵地興起一個疑問：書中所描繪的一批異域飄零的遊子，究竟應當「葉歸何處」呢？

〈葉歸何處〉是一篇較完整的散文體小說。寫一個羈旅異國的女性，愛情挫敗後的落寞悽清。題材並不新鮮，但她運筆清新可取。文中女主人翁說：「第一次看到滿處的楓葉，好美也好想哭，我就站在窗前看了一上午。」然後展開與作者的對話。她又嘆息似地說：「新奇和想像都會隨時間褪色的，只有楓葉每年都一樣鮮紅。不過它們鮮麗之前，要先掉光。」隱喻的筆法，化感傷爲含蓄之美。結尾處，她寫道：「早凋的樹，早來的冬，好冷的黃昏，我們將有一個又長又凍的冬天。但春天總會來臨的，每個人都有一個期待。」又化感傷爲啓迪，曲終奏雅，頗得風騷之旨。

《地上的雲》出版於六十五年一月。顯然地，簡宛已不像「初抵異域的多愁善感，經過了多年的風吹雨打，已經不再那麼脆弱而消極了。」（《地上的雲》五八頁）但她擔憂自己是否已經失去了那份細緻的情懷？事實上，她不但沒有失去，而由於生活的體認和歷練，學問智識的增進，她的心靈益見細緻，對人情世態也更能包容了。她充滿感謝和信心地說：「年輕一次就夠了。人是要成熟的。」（五八頁）「歲月只使我們前進，並不曾催我們衰老。」（三三頁）在這本集子裡，我欣喜地果眞讀到她更成熟的作品，抒寫出她對東西方文化差異的思與感，對中外兒童教育的觀點與企望，以及更濃重的懷鄉憂國之思。

由於年齡與學識的增長，簡宛的體認日深，心靈亦愈益溫厚。讀本書各篇，處處可以見到她對外界事物的領悟，是如此的平實而樂觀。例如她再到康大後，看見那一泓靜止的湖水依舊，她並不撫今思昔，卻慶幸自己已渡過心浮氣躁，不著實際的年齡。對著爬滿長春藤枯枝的古老校舍，她並不只對古老盲目地嚮往，而是盼望能吸取更多春日的陽光。她也欣慰地感到雙手所握的，不是泥巴，而是一季美好的春。她警惕自己「孩子在一天天學習、長大，爲人父母的，又豈能倦怠、偷懶。」最難得的是她一股澎湃的熱心，和一份對家鄉邦國根深蒂固的執著的愛，竟是去國愈久愈濃，在葉書中，她就曾寫道：「旅居他鄉的生活，孕育了更深更濃的家國之愛。」這是我這個寄身異國，一年來所見所聞，感觸萬千的執著者所最最敬佩的。在〈性靈〉一篇中，她以第三人稱的「她」，寫出對這個只求新求變的美國的看法，當「她」看見孩子放學回家，一頭黑髮在那一羣黃髮碧眼的小洋人中，顯得特別耀眼時，那份固執和自尊又爬上心頭——我們是不屬於這裡的（一一八頁）。這正刻畫了她自己客居海外的心情。她一見到康大由貝聿銘先生所設計建築的江森博物館時，立刻感到身爲中國人而榮。這一份莊嚴的、虔誠的民族自尊，就是一個國家之能於艱難困苦中，屹立不懼而必欲復興的基本要件。但空喊愛國無用，每個中國人，只要不忘本，對國家抱著堅定信心，體諒時艱，容忍錯失，善意建議，再就自己的本位工作，努力不懈，以求發揚我中華民族的傳統文化與道德精神，這就是愛國了。對簡宛來說，她是在踏踏實實地朝著這個方向走。她不愧為一個眞正的中華兒女。做為一個賢慧的母親，她以此教育孩子。在〈母親的叮嚀〉一文中，她對全兒說：「只取不予，並不是一種完美的愛。……你要時時有關心別人的心，只有能給予人快樂的人，才是眞正懂得愛的人。」她千山萬水地把愛兒送回臺灣，為的是要他去認識祖國，要他去接近愛他關注他的更多親人，給她一份肯定感。「這都不是在國外時能體會得到的，」她說。她訓練孩子自幼懂得尊親敬長，吃苦耐勞，腳踏實地。學習注音符號，九九乘法。當孩子迷茫地問為什麼他要比美國孩子多學一種語言時，她溫和地告訴他，「不要每樣事都拿美國和臺灣比。」——這是正確的教育方法。因為一國有一國的國情，正如每個人有他自己的特性。和簡宛一樣，我也不反對美國的開放教育，而且對於美國學生愛發問的活潑現象非常讚賞，至於他們問得幼稚或沒有深度都無關緊要。但如認為美國青少年那種漫無邊際的放浪是自由民主的至高表現，那就錯了。這個年輕國家對自由的濫用，道德的淪亡，已使年長一輩的智識分子搖頭嘆息。而大文豪索忍尼辛在哈佛大學沉痛的大聲疾呼，並不能喚起他們全民上下的覺醒。《紐約時報．社論》反而予以駁斥，譏諷他爲不諳美國國情的狂熱分子。這正合了中國的古諺「不到黃河心不死，到了黃河死不及」了。這原是題外話，但因感觸至深，就不由得信筆寫來了。

簡宛語重心長地說：「一國文化的綠芽，能在異地成長遠播，是需要付出許多心血去照顧的。」如此一位懂得如何去愛自己國家並關懷別人的好母親，定將培植出具有健全人格的好兒女。他們即使久居異國，也一樣地不愧爲炎黃子孫，爲自己國家散發燦爛的光輝。由於簡宛善感的靈性，溫厚的心腸，敏銳的觀察，她不但愛自己的親人、國家，也一樣關懷美國的青少年。她眼看十四歲的小女孩，應該是躺在青草地上編織美夢的年齡，但卻已挺著個大肚子要做未婚媽媽了。卻說是爲了好奇。簡宛技巧地以小小白花「勿忘我」被推草機一遍又一遍地輾過，象徵這無知小女愛情的早凋。作者於惆悵萬千之餘，只好自我解嘲地說：「爲什麼要想這些呢？畢竟這是別人的國家。」可是她究竟得久居於這個「別人的國家」，她眞能釋然於懷嗎？

她也以冷靜、客觀的筆觸，寫下類似的小說多篇，道盡了寄身異國者，爲更高的學位、更多的金錢苦苦掙扎的無奈心態。但她絕無譏諷調侃之意，有的只是滿腔的諒解與同情。而以無限溫厚的隱喻或象徵之筆點出。例如在〈秋去也〉的結尾，她寫道：「有誰會去在意那曾經鮮豔、曾經飛揚過的楓葉，雪來之後置身何處？」（一〇二頁）她也偶以輕快鼓舞的筆調，將個人寄望溶於其中。例如〈蓬山一萬重〉的結尾：「當兩顆赤誠的心，拭去了世俗的灰塵，不再爲功名利祿困擾，他們總是緊緊依偎在一起的。」讀者似乎看見了，一對不得不爲研究工作及學術地位而「會少離多」的年少夫婦眼中的淚光笑影。

使我最感動的一篇是〈瑞奇和黛安〉。作者寫她同學黛安由於愛犬瑞奇的暴斃而悲痛萬分，引出黛安的感懷身世，和她對跟自己一般年齡的人徬徨迷失的憤慨。此文簡宛寫來自然眞摯而感人。黛安告訴她：「我惟一的忠實的良伴就是瑞奇，我抱著牠默默流淚，我跟牠傾訴煩惱，牠都靜靜地聽著，絕不會笑我的癡傻。」（一四八頁）「從有記憶以來，我沒有這樣悲傷無助過。也許我太寂寞。瑞奇就是我自己的兄弟姐妹，也像我的知己朋友。」讀了眞叫人心酸。黛安就代表著和她一樣的無數少女，她們渴望愛和關懷，可是雙親爲工作賺錢忙，或是由一言不合而分居離異。她們寂寞、無依。交男友吧，男孩子們只關心你是否陪他玩，對親情友誼都看得很淡，誰有耐心看你的淚眼。與女友傾訴吧，有人會懷疑是否鬧同性戀。她厭恨透了這一切，只有瑞奇是忠誠的，然而瑞奇死了。所以她對簡宛說：「你不懂瑞奇對我的意義」。簡宛怎麼不懂呢？簡宛廣大的同情，正爲今日美國的問題青少年而憂心忡忡。所以她借研究生的口向教授動問：「爲何青少年在今日美國的社會造成越來越嚴重的問題？」黛安的看法是：「他們需要的是愛和關心，有了愛，才有信心。他們才會勇敢地走下去。」湯普生教授的結論是：「不管文明再如何發達，人類再如何進步，人與人之間的關懷與愛心絕不能消失的，把你們的愛心獻給需要幫助的青少年們，因爲他們之中有太多寂寞的人。」教授的意見，也就是簡宛對今日社會人士無限的企盼。所以我非常激賞這一篇完整的散文體小說。

走筆至此，正是午夜時分，窗外馬路上數輛摩托車，由男女青少年騎著，取掉了滅音器，狂吼地疾馳而過，週而復始，驚醒住戶們於酣睡之中。街長曾數度與便衣警察交涉，請他們協助勸導。警察聳聳肩說：「我們沒有辦法過分干涉，即使把他們請到警察所，也只有笑嘻嘻地勸說幾句就放他們走了。因爲他們並沒有構成犯罪行爲，騎車奔馳兜風是他們的自由。」天哪，又是「自由」，難道非要「白刀進紅刀出」才算妨害「自由」嗎？而以殺人爲樂的「山姆之子」，還正有許多少女給他寫情書寄支票呢？這是一個什麼樣的社會呢？我現在耳聽驚心動魄的摩托車怒吼，始而憤怒，繼而沉思，終至於同情憐憫。和簡宛的諒解他們一樣，他們腳下所跨的那輛殺人摩托車（美國人，譏爲Suicycle），也就是黛安的愛犬瑞奇。不與它「共生死」，又叫他們向誰去傾訴呢？叫他們從何處獲得L. T. C.呢（美國宗教家所提倡的Love Tender Care忙碌而麻木的人們，早已經無心聆聽了）。

讀完此篇，我不由得以沉重的心情，回看自己國家。不禁也要問，父母對子女，師長對學生，究竟以身心的快樂健康、品德的修養爲重，而給予更多的關懷與愛心，還是以升學擠窄門爲重，而施予重重壓力？記得簡宛對黛安問到臺灣是否也有少年問題時，她當時的回答是：「現在還沒有，不見得永遠沒有。」她去國日久，時至今日，當她看到臺灣經濟繁榮，社會風氣奢靡，大人們爲金錢忙碌，年輕及幼小一代的惶惑、彷徨，一定嘆息自己不幸而言中，而心情亦倍感沉重吧。

我個人熱愛寫作，數十年來所執著地抱持的原則是，必有不得已於言者而後言。寧可質勝文，不願文勝質。簡宛爲文，平易樸實，而且無論是散文或小說，必然是有感而發。此我之所以深爲愛好，而由文字之交，至於一見如故。因她相當年輕，所以文字都能擺脫陳舊的句法，而於自然中時見活潑跳躍之筆，或頗帶詩情。例如「夾竹桃也搖不出喧鬧了，就那麼寂寂地守住一山的靜。」（葉書四一頁〈奔馳在九月的陽光下〉。）她描寫大度山「被風雨時間蝕去了稜角，磨平了尖峯，不再年少氣盛、耀武揚威，像一位飽經風霜的老人，以他的豁達胸襟包容一切。」著筆十分脫俗。又如「笑，像肥皂泡似的，直從心底往外冒。」相當具象生動。「蒲公英的花絮，在輕柔的風中，飛滿各處，像亙古不變的親情母愛，散播著它的種子。」以具象比喻抽象，深得比賦妙用。

簡宛旅居海外，忙碌的家務以外，還主辦中文教學班並在大學圖書館工作。十年來出了兩本集子，文章產量並不算多，我們所寄望於她的，是隨著日增的學問修養與人生體驗，必能對思想感情的提鍊，遣詞造句的琢磨，益臻完美之境，在〈地上的雲〉一文中，孩子發現一片白茫茫的蘆葦，高興地歡呼，「看，媽咪，地上好多雲，那是不是地上的雲？」我眞想告訴他：「那是地上的雲，那一片雲正在冉冉上升。」特寫此篇寄簡宛以無限的祝福。

——六十七年八月於紐約

輯四　雪花開放的聲音

小說研習班旁聽記感

愛荷華大學的作家研習班，由一位美國教授主持，已有二十五年的悠久歷史。他把美國以及世界各國的傑出青年作家——詩人、小說家、劇作家，邀請到這個富有創造性的新環境中，讓他們以最輕鬆自由的心情，用批評的眼光，研究現代文學，也以客觀的態度檢討自己的作品，因而對自己的作品，也有更嚴格的要求。我國學人余光中先生，曾在該校獲得學位；新近修畢學位回國的林懷民，就是深得教授讚賞的佼佼者。名詩人瘂弦，在那兒寫的詩，都曾壓倒羣倫。我去時聽他的好友們談起，還是讚不絕口，念念不忘他創作的天才。鄭愁予的詩，繼瘂弦而獲得極高的評價。這幾位絢爛的人物，為我們中華民國，在美國的現代文壇上，爭來不少光榮。文學是一種國際性的語言，他們在國外介紹我國傳統的和現代的文學精神，學成返國，也將他們這項計畫的優點加以傳播而促進彼此的了解。國內各名大學對於現代文學研究至為蓬勃，教育當局如能予以財力上的支持，協助學校由交換學生而發展成類似的計畫，實在是一件非常有意義的工作。

我這次純以訪客身分，應老友之邀，參加中文系「亞洲之春」的各項節目，也順便參觀了作家研習班。

因爲各種活動繁多，我又有十多天與國際寫作研討班的作家們外出旅行，所以很難湊得上時間旁聽所有課目的討論；我的興趣既在小說，就選擇旁聽他們的小說研習班。

在進課室以前，我先要了一份資料，匆匆看了一遍，記得那是某一位小說家近作長篇小說的第一章，故事的開展是採取第一人稱的獨白方式：一個內心孤獨的中年人，在隆冬的清晨，走向他工作的餐廳，一路上所見所想等等，手法頗細膩，因時間匆促，我也無心細看，反正是去聽他們討論批評。

運氣不大好，那天到課的只有六個人（據說一班人至多十餘人，平時上課極自由，愛來不來），兩位女生都是自帶菸灰缸，嘴角吊著菸捲，非常瀟灑自在的樣子；幾位男生大都態度沉默，嚼著口香糖，像在思考什麼。教授姓名我已忘了，進來後，學生也懶洋洋地沒有絲毫表示。這一點與在國內大不相同。我們有的大學上課時立正敬禮點名等等固然太嚴肅了點，而他們那副蹺著二郎腿，老師進門視若無睹的樣子，也實在「太文明」了點。據斯丹福大學中文系的教授莊因說，他有一次進課堂看到前排幾個女生把大腳丫一字兒擺在課桌上，他幽默地說：「請把腳放下去，沒一雙好看的。」比起斯丹福來，這個樸實的大學，學生已經算是有禮貌得多了。

想想美國人對父母都可直呼其名，更遑論尊師重道了。不過他們那種大家搶著發言問問題的活潑精神，卻是值得我們學習的。那位教授先向學生報告了下學年將請某一位教授來為他們指導，引起學生的討論與反對。有一個說已看過他的作品，認為不夠滿意，不歡迎他來。教授答應再作考慮。這種地方，看似民主、客觀，在我想來，也似乎過猶不及。以教授的閱歷、修養以及寫作經驗來說，認識總要比年輕的學生草草閱讀一二篇作品後所下的判斷要正確點吧。如果打算請的真是位好老師而被拒絕了，豈不也是損失呢。

那天因人少，且學期結束，似乎情緒有點散漫，也許是那篇小說不夠引他們興趣，有三個男生保持緘默，那副無精打采的樣子，正像我們課堂裡不愛聽課，只想打瞌睡的學生。連講義都未打開，旁人說話時他們也沒有聽，教授也毫不以為意。美國是個最尊重個人自由的國家，學生不上課，鬧學潮、搞反戰遊行，扔鷄蛋石子砸玻璃窗，學校當局都得容忍，不聽課又算得什麼呢？

我在未去聽課前，曾和該校一個教授談到小說意識流的形式，他笑笑說，意識流早就過時了。美國是最年輕最求新的國家，汽車一年一種新樣子，字典每年都加好多創新字，寫作技巧當然更是日新月異。但在我想，「意識流」雖是一種寫作形式，但也是人類心靈活動的現象，不見得十八、十九世紀的人有這種心態，到了二十世紀七十年代的今天，就因他過時而停止活動了。我國的古典文學作品中，無論詩詞散文小說，仔細加以分析，也都有意識流的形態，只是沒有這項名稱，作者們也未曾著意採取此種形式就是了。所以我心中一直思考著這問題，恰巧那天旁聽討論的小說，正帶點意識流的味道，所以我就仔細聽他們有什麼高見。一位女生，一手彈著菸灰，一手支著脖子，批評這章小說的種種缺點，例如說男主人翁一路在邊走邊沉思，忽然看見一輛汽車停下來，車窗玻璃全是霧氣，他看不清裡面的人，作者從主人翁眼中加以描寫，她認爲這一段插曲沒有必要，因爲車中人不是小說發展中的角色，不必浪費筆墨寫他，相反地，我卻認爲這段穿插不錯。因爲故事開端的時間是冬天的早晨，男主人翁縮著脖子去上工，看見旁人坐在暖烘烘的車子裡，一定會引起他一些感覺。他是來上工的，人家是來進早餐的，這種對比陪襯有什麼不好呢？當然啦，這只是我的看法，欣賞作品，各人喜愛不同，不能說誰是誰非。另一位男生嘴裡像嚼著橄欖，含糊其詞的不得要領，大意是說獨白太沉悶，不夠生動，在第一章裡尤爲失敗。最令我奇怪的是那位教授若坐禪入定，好像什麼也沒聽進去，對學生的意見未加綜合與批評，也沒引證什麼名家小說技巧形式等作爲比較，他也只發表了自己的意見，聽來頗爲中庸之道，這倒是合了中國古人「如卿言亦復佳」的客觀作風。一堂課就此匆匆結束，我總覺意猶未盡，上前與那位教授打了招呼，請教他「意識流」形式是否已成過去，這篇小說是否屬於意識流？他點點頭說：「這種理論的探討早成過去了。」我笑笑說：「你指的是探討熱已成過去吧。但這種型式並不是沒有人採用，人類心靈的活動形態是沒有什麼新舊的，你說是嗎？」他也笑了。問我是寫小說的嗎？我說也教書，教的是中國舊文學方面的《史記》和詞，因此才有興趣問他。我問他有否看過英譯的《史記》，他說沒有。我說我們中國最幸運的是近代人可以直接研讀幾千年前的古典文學，因爲中國文字數千年始終未變，不像古希臘、羅馬、埃及文字等，已成歷史名詞了。更幸運的是許多筆法技巧，以及象徵、浪漫、寫實等等，也都一樣可以用來配合研究。我想大凡學問思考，一半靠自己鍥而不舍的鑽求，一半須共同討論；如主持的教授的學問氣度與創作經驗値得取法則自可獲得很多的啓發，以我國舊文學之源遠流長，蘊蓄之豐，加以近年來青年作家對新文學研討之深入，各大學中外文學系於當代文學有眞正修養的名師教導之熱心，我不相信培養不出高徒來。天才有賴恒久的耐心，中國學生在國外爲讀書而讀書的，成績多半比他們本國學生更傑出。主要的是他們除了吸取歐美文學精華之外，更有著本國文學雄厚的學殖根基，才能融會貫通，產生眞正屬於中國自己的現代文學。所以如果我們也有一個寫作研習班，邀請外國學生來聽取中國舊文學散文小說詩歌的精華，再與近些年來自由中國具有閃爍才華的青年作家交換意見，一定會教他們心折不已。我們有如此多近代優秀的作品，實可進軍世界文壇而無愧色。問題是在如何大量有系統有計畫地翻譯成外文，破除文字的障礙，不但可以溝通彼此的思想感情，也讓外國人知道我們不是食古不化，更不是全盤西化。我們要的是從自己的歷史背景、社會背景、民族特性中所產生的當代文學，是扎根在自己泥土裡長大的新枝嫩芽。能如此則他們要向我們研習之處也很多呢！我們不必崇洋，倒是要盡量提高自己民族的優越感。要使外國學生，以來我國研習，得了學位回去爲榮，那才是眞正的國際文化交流，眞正的中華文化輸出。我深知多位中西文學的名教授，與爲文學園地苦苦耕耘的雜誌副刊主編和出版家們，都是眞正的有心人。所深切盼望的是負責文化宣揚工作的教育文化當局，能捨末而務本地給他們以全力的支持與協助，有計畫地大量詳介書刊出國；則居留海外熱愛祖國的留學生們，得以揚眉吐氣地向異國友人介紹祖國的文學精英：自由中國早已不是文化沙漠而是一片春雨中的綠洲。

——六十三年四月

原田觀峯的所謂「書道」

愛荷華大學中文系的「亞洲之春」節目，特邀請一位日本書法家表演書道，為了想明瞭日本書道的究竟，我特將去華府的行程延後了三天。可是參觀以後，頗感失望，但我也更為我們中國眞正的書法藝術感到無上的驕傲。

這位書法家原名原田觀峯，英譯為（Kampa Harada），大家都稱他哈拉達先生。那晚表演的地點是愛荷華紀念廳，一室坐滿了中、日文系教授、學生以及國際寫作班的研究員。由教日文的日本講師任翻譯。六十左右的哈拉達和服出場，後面跟著兩位盛裝的女隨員。其一徐娘半老，服飾較樸素，專替他開箱取紙筆文具等，略通英語，想來是他的經紀人。另一個少女據說是他的女弟子，打扮得花枝招展，眉稍眼角，對她的老師流露出無限媚態。哈拉達於執筆揮毫時，她一直跪在地上，為他磨墨和按紙，白髮紅顏的情趣，尤其吸引了洋人的注目。日本是個離不開「性」、「色」的國家，川端康成必須有妙齡少女紅袖添香，才寫得出得諾貝爾獎的巨著。這位哈拉達的書道靈感，可能也得之於他翠黛含顰，宜嗔宜喜的女弟子吧！

他先說明了一下毛筆的種類與性質，說初學者不能用羊毫，當用馬毛，因用羊毫太軟，不能控制。這倒是我第一次聽到。據我所知，初學者反而須用軟的羊毫，粗糙的紙張，一開始學習就當能適應，能控制，不可依賴性質硬的狼毫、紫毫等。他示範運臂力腕力寫字時，說中國人寫字只用小腕，所以筆力不健，使我大爲反感，因當時大家都在靜聽，不便立刻反駁；可是我馬上告訴鄰座一位教日本文學的美國教授：「他說錯了，我們中國人寫字才是運用大腕的，書法根本發源於中國。」美國教授默默地說：「你等下也上去與他比賽一下。」我只好笑笑，我也不是那麼愛出風頭的人，再說我又不是書家，對書法只有一點點普通常識而已，可是對他那種欺騙外行人的自大狂，卻無法忍耐。

他提筆畫了許多方格、斜方格、流線條、圓圈，表示這是初學的ＡＢＣ，這和中國人習字步驟不同。記得幼年時老師教我習字，會描紅以後，就開始懸腕臨碑帖，注重的是字的筆磔和整體間架結構，久而久之，自然能橫時平如水準，豎時直如引繩，沒有像他以畫線條爲基礎。足見他們著重的是運筆的技術，我們著重的是書法的精神。他示範了篆、隸、楷、行書等數幀，然後一一落款簽章，得意地說每小張美金五十元，大張一百五十元。令洋人咋舌。他邊寫邊口中唸唸有辭，說自己的字，筆筆皆有來源，是融會中國古代書家之字，加以變化。他寫了「萬物生光輝」五字，說這五字就值美金五百元。我仔細看他的字，除了是一個書匠的「熟極而流」外，就是一個「俗」字。實在看不出融會了中國哪幾家名家的筆意。他寫了副對聯：「鶴舞千年樹，龜游萬歲池」他把「光」字和「池」字的最後一筆拉得長長的，並扭曲作蚯蚓狀，再三強調此是他的神來之筆，令人作三日嘔。

他於得意之餘，寫出他遊紐約詠自由女神的一首「中國詩」：「地球半周訪紐約，高層絢爛惟物華。女神不語正乎邪，文物窮求第三道。」不僅平仄音韻不協調，而且詞句不通，不知所云。翻譯的講師為他解釋說：「東方人應當表現東方精神文明，可惜東方精神已被西方的物質文明所破壞，因此他感慨地問自由女神是否要回歸精神文明以求眞自由。」半通不通的解釋引起哄堂大笑。一位捷克的作家Lustig問他：「你既重精神文明，為什麼五個字要賣五百元，你怎麼這樣重視金錢呢？」大家都拍手了。哈拉達究竟是個走徧江湖的老賣藝人，他立刻說：「今天在如此盛會中，各位都是作家、文豪，我的字一定奉贈，不算錢的。」於是就你一幅，他一幅的大大贈送起來。最愛起鬨的魯斯帝克（Lustig）又唸了一首英文詩，要他當場譯為日文詩，用毛筆寫出來。原意大體是「People are saying that we were in love. I don't know if they are right. But I'm sorry if they are wrong.」譯者將意思說給他聽，他答應次日交卷，且立刻用毛筆抄了自己的那首詩給魯斯帝克。愛荷華中國菜館「名園」的老闆要請他吃飯，他馬上題了「名菜有餘味，園遊漾好風」贈給他。總之，他的字，他的隨機應變，處處表現出他那「江湖賣藝人」的作風。讓哈拉達這樣的人來宣揚日本文化，也眞叫日本人臉紅。

日本人並不缺乏致力研究中國古典文學及書法的眞正漢學家。他們治學的精神是非常值得人欽佩的。但日本也是個最善於竊取與模仿的民族，他們自唐代即承襲了中國的書法，提倡不遺餘力。我國各家墨跡碑帖，許多都被他們搜購而去，精本影印。社會上還有書道學會，舉行書道比賽，像哈拉達這樣的人，都著有「書譜教範」、「書道訓」等教材多種。可見他們是如何的仰慕中國文化。只是一點，他們所注重的是外貌而非內涵，只能形似而難神似。這一點，我想與中、日兩國的不同民族性有關。中國書法的藝術價值，不僅予人以美感，更表現了本身高超的神韻與風格，王羲之的風神飄逸、顏魯公的端方正直、蘇東坡的豪邁、米南宮的顛狂，正是字如其人。這種精神豈是僅僅模仿皮毛、重功利的島國日本民族所能領略得到的？試看日本畫亦復如此，缺乏泱泱大國之風的氣度。趙孟頫說得好：「石如飛白木如籀，寫竹還於八法通。若也有人能會此，方知書畫本來同。」日本人如此仰慕我們中華文化，模仿我國的書畫，希望他們能從此中體會到一點中華民族的傳統精神——寬大和仁厚。

書法藝術，既是我國歷史文化、民族精神之所寄託，外國人都如此重視，我們當如何加以發揚光大。何況習書可以涵養性靈，培養高雅的情操。家庭主婦於餘暇之時，多習書法；父母對於子女，亦無妨以鼓勵習字作爲繁重課業的調劑，一定會發現天才，加以深造；否則書法日益式微，誰又能繼承存亡續絕的重任呢。

——六十三年四月

愛荷華藝術館印象記

愛荷華大學的藝術館，是一座新完成的建築，就在愛荷華河的西岸，過橋行數步便到，館內主要的陳列是英國富豪愛利奧特Leone Elliott所贈的銀器和玉器。愛利奧特與恩格爾是童年好友，因年逾古稀，乃將珍藏寶物全部贈與該大學，故特地爲此建造了這座藝術館。在恩格爾舉行詩歌朗誦會時，這一對年邁的愛利奧特夫婦還特地趕來參加，可見他們友誼之深。我看他步履蹣跚，老態龍鍾，但興趣仍很高，他那次來是爲了與好友商議擬將身後的財物捐與該校作建設。西洋人重視社會文化公益事業，一生辛辛苦苦掙來的錢，在行將就木之前，寧可捐助公家，而沒有子孫萬代的打算，當然也是爲了豹死留皮、人死留名吧。陳列的銀器是十七至十八世紀的古董，確實是富麗堂皇，耐人觀賞。玉器一共八十三件，大部分是我國宋明清的宮廷飾物，但並無十分精緻或大件的。銀器與玉器算是精華部分。至於那些現代藝術，就使我十分迷惑了。我看見一丈見方的房間，擺著四張破椅，兩張拆散了，另一角擺一架電視機，旁邊繞著一圈霓虹燈在閃光，我以為這些都是待修理的廢物，但牆上卻標著「請勿觸摸藝術品」（Don't touch the work of arts）。另一處是一長條黑布，包著一條「L」形的薄木板，平平地放在地上，註明是「咖啡桌」，作者名韓叔和（譯音），一九三五年的作品，不知其藝術性何在。最令我不解的是一片牆上參差地釘著兩條粗糙的木條，一根略略塗點油漆，另一根破破爛爛。前者上面一字兒釘了五枚大鐵釘，依次編了一二三四五的號碼，後者一排擺了五個白鐵罐子，由大而小，這些，全都是藝術家的「精心傑作」。我疑惑如果我偷偷地把鐵罐搬一個位子，或拔去一枚釘子，是否有人發覺？是否又是另一番創造呢？這種破壞藝術、反藝術的藝術，我實在無法接受。我對現代藝術一無所知，但我總認為人類是有愛美的天賦，和審美的本能的。凡是不能引發美感的東西，我實在不願承認他們是藝術品。例如有一張黑白照片，專照一個大肚臍眼，引人滑稽發笑，倒也罷了。而有幾張所謂的「現代畫」，畫得非人非驢非馬，血淋淋肩膀上長一個烏鴉頭。所表現的只是醜陋、零亂和殘酷。藝術固然是人生眞實的寫照，但它究竟是美化人生、彌補缺陷的。這個世界已經夠醜陋、夠零亂、夠殘酷了，人們面對這些，已經受得夠了，何必還要再強調呢？法國十九世紀大文豪喬治桑，就是主張描寫善和美，因而被認為浪漫主義文學的宗師。我看了這些「作品」，深感這些藝術家們，如果不是以淺陋文飾艱深，就是他們的靈魂無法從零亂、醜惡、殘酷中掙扎出來，因此在他們的作品中，不是空虛得一無所有，就是顯示出一片惶惑的痛苦。作爲一個現代人，瞬息萬變的世態人情，給予心靈的震撼自是非常強烈的。藝術家善感的靈心和智慧，必能透過表面，領悟更深一層的意義，而將它所感受的予以處理與創造，才能化腐朽爲神奇。同時他自己的心靈也將從澄明中淨化出來，帶領凡人走入一個超越的世界，那才是藝術家的「菩提心」。否則的話，一堆破銅爛鐵，幾塊木板堆在一起就算藝術品，豈不等於機車馬達的噪音也算音樂？固然這些都是藝術音樂的素材，看你如何加以運用與創造。繪畫與寫作，隨處都是材料，隨時都使你歡欣鼓舞或痛苦悲嘆，但我總認爲藝術家應當肯定人生，在作品中灌輸偉大的生命力，表現出個人的理想與人格，藝術的最高境界應當與宗教合一，是至善至美的。我厭惡那些紊亂、自我迷失的「作品」，我不希望這就表現「現代」，現代的精神應當於千變萬化中不斷的探索，以求自我人格的完成。

我完全不懂繪畫，只是以個人直覺欣賞。後來在紐約參觀哥根漢藝術館，欣賞甘狄斯基（Vossily Kandislcy）的畫，無論水彩、油畫、素描，都隨著他的遭遇、奮鬥經過而表現出不同的風格。他早期在德國的小品，畫面鮮明，在我外行人看來都感覺得出它的詩情畫意。以後漸趨抽象，奔放而野濶。第一次大戰時期，他回蘇俄就很少作畫，一九二三年又到法國教畫，過著寧靜的田野生活，作品也顯得工細有規律，頗有點像圖案畫，晚年的畫又趨抽象，色澤也更淺淡，似更入超越之境。我不懂畫，這只是我的感受。還有畢加索的畫，在初期也是非常具體寫實的，以後才愈來愈抽象，有的像兒童畫，有的耳朵鼻子眼睛搬了家；但都表現他自己的理想與風格，總不是一片紊亂，引人不快。這是我外行人的一點雜感，也附誌於此。

——六十三年四月

海外學人生活的另一面

——讀夏志清〈歲除的哀傷〉有感

我在寂靜的書房裡，閒閒地整理著舊報紙，當我重讀夏志清先生發表在〈華副〉的〈歲除的哀傷〉(註)時，仍免不了許多感觸，湧上心頭。

讀夏先生抒情記感的文章，可以說這還是第一篇。在天寒歲暮之時，他悼念一位拿槍自殺而死的美國朋友。又想到另一位早已作古的耶魯大學的副教授，孑然一身，在小館子裡胡亂地吃一頓年夜飯的悽涼情景。連帶又寫到自己的許多感觸，讀後令人無限惆悵。

這篇文章自一九七五年十二月寫了一部分就擱下了，直到一九七八年元月才完稿。中間隔了整整兩年。兩年中，作者不知寫了多少學術文章，也不知又交了多少朋友。這其間，他又曾回國參加學術會議，得以與諸友好開懷暢飲。他那意識流快節奏的上海國語，純真的縱聲談笑，給每位朋友都留下極深刻與活潑的印象。看上去，他眞像個沒有絲毫憂愁煩惱的樂天派。可是我這次來美，與他見面次數較多，得知他客居生活的大概，不免深深有一種感覺，在他歡樂笑容的後面，仍有著非常沉重的精神負荷。這，一半是治學嚴謹，講授負責認眞的學人同樣有的情況，一半則是由於他愛女自珍身體不夠健康，給他們帶來的憂愁。這一點，在他這篇文章裡可以看得出來。他寫大除夕馱著愛女到底樓門廊空地去玩，因踩在醉漢所吐狼藉滿地的酒上，滑了一交的情景。讀到「我用功讀書，數十年如一日，想不到五六年來，爲了小孩，工作效率會這麼差。撫摸著微腫的左掌，更增添了歲除的哀傷。」不禁爲之憮然。他給我寫信說：「歲除的哀傷，好像在訴苦，刊出來後，不免感到難爲情。」我回信說：「一點也沒有什麼難爲情的。古今中外多少學者、詩人、藝術家，哪個沒有哀傷的時刻？哪個沒有抒寫哀傷的文章？這正是蘇東坡讚美陶淵明所說的：『自古詩人，貴其眞耳。』」

讀起來，這是一篇略見凌亂的文章，與他所寫學術文章的結構嚴謹完全不同。這一份坦率的凌亂，正足以見他當時的心境。他太太王洞對我說的話：「爲了孩子，我眞是忙亂得屋子都沒有時間好好整理，顯得異常凌亂。」可見得她心情也一樣沉重。他除了做學問和上課以外，全部時間都用在照顧愛女身上。但因孩子體質較弱，容易感染疾病，紐約的冬天又長，時常使他忙得手足無措。尤其是自珍的睡眠習慣，時常日夜倒置，眞是苦了父母。他本來是夜間讀書寫文章，白天上午除了有課的日子以外，都是休息睡眠，下午散步買東西。但是孩子夜間不睡，又非要父親馱著來回的走，一家三人就這樣掙扎到天亮。孩子睡了，大人也已筋疲力竭，非休息不可。因此他感到工作時間不夠，效率日差，王洞也感體力不繼。

他們儘管如此忙亂和憂心忡忡，可是對朋友的熱誠親切，卻絲毫沒有受到影響。朋友來臨時，王洞做菜、買點心款待客人，比任何時候都高興。朋友生病，她千方百計的請人暫時照顧孩子，自己跑去看朋友。我住院時，他二位輪流來看我，夏先生送我一本談營養的書叫我仔細的讀。王洞特地爲我買來一盆室內花卉，缽子是三隻可愛的白磁小貓，因她知道我愛貓。又因醫院護士照顧不周，再去爲我買了果汁與餅乾，放在床邊才千叮萬囑地去了。這些瑣事，在一個比較空閒的人做來，已使我感謝萬分，何況她是擠出時間換三次地下車來看我的呢！病中使我享盡了友情，也使我領悟，人應當如何地盡量想到別人的困難，忘卻自己的苦惱。

夏先生有一架「拍立露」相機，朋友一到，他第一件事，就是大喊「拍照，拍照！」於是配燈光，擺姿勢，儼然大攝影師般地認眞。可是因他性子太急，動作太快，被拍的對象就有點緊張得穩定不下來。嘶的一聲，照片馬上從相機前面吐出來，影像一時未出現，他又迫不及待地連聲說：「不知道好不好，眞糟糕，怎麼還不出現，眞慢，眞慢。不好就再拍。」就這麼左一張右一張的拍。非得他認爲滿意了，才再選出一張放大了送給朋友。王洞說「拍立露」是他最心愛的玩具，花費再多，也得讓他有這點消遣。

有一次我去他家，正好喬志高先生也在，主人手持相機正在拍照，不由分說，就把我也拉過去，請王洞來爲我們三人同拍一張。那天是喬志高先生請何懷碩夫婦吃晚飯，夏先生又不由分說，把我也留下。我與喬志高先生初次見面，甚感不好意思打擾，可是夏先生的霸王留客是無法違抗的。

瘂弦夫婦到紐約去看他們時，不用說他們有多高興了。王洞特地約好一個學生來替她看孩子，我們三家一同爲瘂弦夫婦接風，一起去一家中國餐館吃飯。一路上，夏先生牽著瘂弦女兒小米的手，走得好快。他忽然在街角停下來，要小米教他唱「梅花」，小米一句句教他，他跟著唱。他又自由地加詞句：「梅花，梅花，你眞美麗，我愛梅花眞美麗……」在館子裡，還是邊吃邊唱，唱得小米都不好意思了。觥籌交錯，酒酣耳熱中，看上去他夏先生眞像是無憂無慮。

飯後，他又牽著小米的手一路唱著「梅花」回家。我和外子悄悄地說：「如果自珍已有小米這麼大，而且也一樣的健康該多麼好？」

回到夏宅談天，不一會兒，王洞又端出紅棗蓮子白木耳羹來款客，大家在談天時，自珍不時跑來，笑咪咪地走近我們，又羞怯地躲開了。小米就像大姐姐似地陪她玩了一陣。那晚我們因深夜不便搭地下車回家，就住在夏宅。自珍因過度興奮，又是通宵不睡，聽見他們二位輪流拍她哄她，哼哼喃喃的聲音，就可想見他們平時的辛苦，我們心中感到非常不安。

我們因為住得遠，去哥大得搭一次公車，轉三次地下車才到達。所以平時很少去看他們。連想去旁聽他的現代小說課，都被冬季以來的風雪所阻，而未能如願。至於通電話呢？上午他們全家休息把話筒掛斷，成了「拒絕往來戶」，下午即使不上課也大部分在學校研究室，王洞要帶孩子散步買東西，晚間他們時常出外應酬。因此通電話也不容易。在臺灣時，往往以為在同一個紐約市，彼此可常見面。事實上，在繁忙的大都市裡，許多朋友，比鄰反成了天涯了。

他在文章中說：「近年來，中國朋友愈來愈多，外國朋友反而愈來愈少了。」可見他們雖然定居異國，內心是多麼渴望本國友情的滋潤。前年顏元叔先生來美講學時，曾去拜望他，他們二人儘管曾一度劇烈地學術論戰，可是一見之下，握手言歡，那一份「不打不相識」的情誼，其欣慰尤勝於尋常。夏先生曾幾次提起：「我們見了面，好高興、好高興。」那一份真摯，溢於言表。相信顏先生一定也有同感吧！

前年中央大學外文系一位許教授來美作研究，很想有機會見到夏先生，不巧他來美時，正值他回臺開會，彼此乃成參商。許教授囑我代向他轉致敬仰之忱。他就一直念念不忘地說：「怎麼這麼不巧，眞可惜，眞可惜。」

他說在美國，與他說滬語的朋友不多，如一遇見能說上海語的，就倍感親切。我雖然能說上海語，但因他夫人王洞是北方人，所以就一直和他們說國語。其實他無論說上海語、國語，都得聚精會神地聽，否則就會錯意。還有他那由於有朋自遠方來，太興奮而產生的快動作，也常常感染得朋友跟著團團轉起來。記得一九七二年我訪美時，要去看他，因不認得地點，電話約好他來哥大的地下車出口處接我。我等了將近半個鐘頭他才來，原來他怕睡過頭，把鬧鐘放在被窩裡，卻忘記上發條。那天微雨，他手中舞著一把大傘，戴著呢帽。不由分說，非常快速地就把我帶到一家飲食店，我連聲說已吃過早餐，他也不聽，把帽子放在旁邊坐位上，傘擱在櫃檯邊，好幾次滑倒又豎起。有別人來要坐了，他連忙把坐位上的帽子取回戴在頭上，又摘下放在膝上，不一會帽子又滑落在地上。他一口氣叫了兩杯牛奶兩杯果汁。我一杯也喝不下，心裡急著去看他太太和小寶寶。他喝一口牛奶，喝一口果汁，又連連看錶，結果都喝不完，匆匆付了錢就走了。那一幕手舞足蹈的情景，眞像默片電影時代的快鏡頭，令人回味無窮，也心感不已；因爲我知道他見到臺灣來的朋友，心裡有多麼高興。

最近在電話中，王洞告訴我，他的生日，國曆是二月十八，農曆是正月十一日，當中只相距一天，所以她就爲他連著過兩天生日，打算也約我們，但因住得太遠，冬天深夜搭地下車回家太不安全，只好不通知我們。何懷碩夫婦又已回臺，她就另外請了幾位中國朋友，切蛋糕、拍照、唱生日快樂歌，也很熱鬧，但總覺中國朋友仍不夠多。我們也很悵惘未能爲他祝壽，眞希望他們能全家回臺灣一次，讓所有的中國朋友，爲他們舉行一個盛大的慶生晚會，使他們過一個最溫馨快樂的生日，和最有人情味的農曆新春佳節。也祝福再長大一歲的自珍，健康大有進步，與中國小朋友蹦跳遊戲，那他們兩位，眞可以笑口常開了。

——六十七年三月

註：〈歲除的哀傷〉全文見次頁。該文已收入九歌「典藏散文」書系，夏志清著《雞窗集》書中。

附錄：歲除的哀傷

——紀念亡友哈利

夏志清

一、一九七五年十二月下旬某日

今天下午看了牙醫，乘地道車回家，想到家裡兩隻貓的乾食即要吃光了，早一站下車，買了一盒乾食。再穿過百老匯大街，在一家專賣廉價香菸的小店買了一整條菸。向前走幾步，有家兼銷報章雜誌的咖啡店。到裡面去看看，在正月號*McCall's*雜誌封面上見到了奧德麗赫本的芳容，另有大標題Audrey Hepburn at 46，想是該期刊了赫本久別銀幕後的一篇訪問。她同Sean Connery同演一部片子的消息我早幾個月即在《紐約時報》上看到了。對我來說，我一九四七年離國後崛起的電影明星都只好算是新明星，一九四七年以前走紅的明星才是老明星，有些還是我少年時代的友伴，雖然他們都不認識我。但赫本畢竟也四十六歲了，只比我小上九歲，想一想還是把這本雜誌買了，反正七毛五分，算不了錢。這類婦女雜誌少說也有十多年未看了。

第一次結婚的時候，前妻訂了一份*Ladies' Home Journal*，連載過希佛萊和賈利古柏的回憶錄。記得我看到賈利古柏的回憶錄，是一九五六年的春季，那時我在密歇根大學教書。

到家裡，見到一大堆寄來的賀年卡，心裡並不太開心。我自己認為必要寄的年卡，已早幾天寄出了，但總有些不太熟的人會寄卡片來，見到了還得覆，多麻煩。初到美國的時候，給極少數初交的中國友人寫賀年卡，很有意思，大家人地生疏，收到一張卡片，總帶來一份溫暖感。近年來實在沒有充裕的時間寫卡片，有些經常通信的朋友，互贈卡片，實在無此必要。有些非同行的舊交，一年互通一次卡片，十多年，二十年未見，他早已成家立業，他太太的樣子我都不知道，他有多少子女我也不清楚；只是雙方不忍把關係斷掉，每年一次禮尚往來。

我把這一疊卡片搬到書桌上，預備看了即丟，如有人搬了家，再把新址抄在地址簿上，明年寄卡不會誤寄。有些朋友把賀年卡掛滿窗牆，花花綠綠，客廳裡再加上一棵綴滿亮晶晶玻璃球的聖誕樹，的確大有新年氣象。我的女兒自珍，過年即四歲了，智識未開，即使買一棵聖誕樹回家，她也未必能欣賞。人家過年開心，我們這一家，每逢聖誕佳節，只有心情更壞。我的書桌一向堆滿書和信件，實在再騰不出面積來放聖誕卡了。除了特別保存幾張外，隨看隨丟最方便。

拆看了三張卡片，第四封信封小得出奇，一看封背是賓州Wallingford的地址，想是哪家耶魯老同學寄來的。拆開一看卻是張對折的素卡，是朋友太太瑪吉莉寫的，第一段就寫道哈利十二月間去世了，第二段寫道：

Jonathan（我的英文名字，只有外國朋友才這樣稱我），你是他認爲特別知己的深交，他珍愛你贈他的著作和書上面的題款。我多願望這最難度過的一年我們住區近一點，這樣你同他可以暢笑暢談。這樣對他該多麼好，因爲你得知道他是用槍把自己打死的（You see he shot himself）。

最後三行她問我全家好。

讀信心裡難過異常，那年突然接到盧飛白的訃告後，還沒受過同樣大的震驚。前兩年，也是聖誕季節，聽到了徐道鄰先生的噩耗，也很難過，但我雖敬愛其人，卻對他生平所知不詳，連一篇悼文都寫不出來。哈利・納德爾登（Harry Nettleton）非名人，中國朋友間還能記得他的，我想只有耶魯老同學陳文星、吳訥孫這兩位。我常常自嘲道，除了學術文章外，我寫的中文稿，不是序跋，就是悼文。前者是受人之託，後者是有感而發，實在不得不寫幾句。想不到為了紀念哈利，又得寫一篇。

我一九四八年二月初剛進耶魯的時候，在曼殊斐爾街一位愛爾蘭老處女家裡租一間房間住。此人老態龍鍾，可謂記憶全失，連我的姓名都記不清。一到暑假，我就搬進了約克街的研究院單人宿舍，但住了幾天同中國同學吃晚飯，飯後談天花的時間實在太多。我得在暑期三個多月時間把拉丁文讀好，準備十月的考試（那時耶魯規矩嚴，不考過拉丁文，讀英文系連碩士學位都拿不到），而且考的是中世紀拉丁文，同古代拉丁文文法字彙都不相同，但初學非先讀古拉丁文不可。上暑期補習班耗時太多，進展太慢，只好一人關門自修，從早到晚攻拉丁文，還是搬回老太婆家較安靜。

秋季開學後才搬進研究院宿舍，我住在三樓，底樓就是食堂。窮學生只好每日三餐，每週七天全包飯，只有寒假、暑假才到附近小館子打游擊。劉紹銘吃不慣洋飯，把他一本回憶錄取名《吃馬鈴薯的日子》。其實馬鈴薯並沒有什麼難吃，對我這江南人來說，最難吃的是美國式的烤羊肉（roast lamb）。研究院食堂一日三餐營養都很豐富（回憶起來，每晨吃兩個雞蛋，血管裡膽固醇儲積這樣多，相當可怕），星期五晚餐一定吃魚，其他日子吃肉，每周一定有一次羊肉，只好把肉汁刮掉，在肉上撒滿胡椒粉，以解騷臭，勉強吃下去。一九四八年一直吃到一九五四年六月結婚那天為止，整整吃了六年半羊肉。一九五一年九月我就把博士論文繳掉了，按道理可以搬出去住，但住在研究院經濟方便，也捨不得食堂裡這批朋友。

食堂不算太大，我每餐必到，加上身為中國人，差不多每個包飯的人都認識我。在耶魯那幾年，只有吃飯和晚上散步的時候可以神經鬆懈一下，尤其吃晚飯的時候，總要坐上一個鐘頭，養成我胡扯的習慣。除了中國同學外，我同化學系的學生搞得最熟，原因是一開頭有位中國女生，上海聖約翰大學畢業，是中國同學間唯一可以同我用上海話交談的人，她找同系的學生坐，我也跟他們搞熟了。後來我同三樓走廊對面的一個化學系猶太種學生有了深交，時常一起吃飯，化學系的朋友認識更多。

哈利．納德爾登也是化學系的，他進研究院已是一九五〇年了。他是真正耶魯人（Yale man），因為大學四年也是在耶魯修的。二次大戰時他到過昆明，想是分派在滇緬戰場的兵士，對中國有些認識。他金髮，白臉，人修長（後來發胖了），儀表極好，側面看來很像小説家費滋傑羅。穿着也很整齊，平日上身總是一件sport jacket，下面是呢褲或卡其褲，即是當年耶魯人最典型的打扮。哈利最引人注意的一點是談吐高雅，有時斯斯文文，胡謅一頓，全桌捧腹。加拿大詩人Robert W. Service的劣詩，看來美國中小學教科書選上了不少，哈利記性好，常常背些給我聽，取笑為樂。

哈利住四樓，同樓有位德國人叫卡勒（Rinehart Kyler），我去耶魯的時候，好像在耶魯開過德文的補習班，專供讀研究院的人補習德文之用。後來在附近女子學院教德文。他讀書不用功，德國人讀德文系，正同多少年後有些中國人在美國讀中文系一樣困難。有一年我同他一起讀一門古冰島文（Old Norse），我德文遠不如他，憑死用功，照樣拿到honors，他可能只拿到high pass，即等於B。

我一直覺得哈利如念英文系，一定可以出人頭地。偏偏他讀了有機化學，看樣子吃盡苦頭。化學系研究生，一大半三年即可拿博士學位，哈利一直念下去，他的同居同學都早已畢業了。我拿到博士學位後還住在研究院，哈利、卡勒兩人遲遲不畢業，也住在研究院，這樣年代久了，真變成了有感情的熟朋友。卡勒一直到七十年代才拿到學位，這以前不停換碼頭在小大學教德文，想想耶魯故意刁難人，簡直有些不人道。

一九五五年濟安哥從印第安那大學來紐海文住上一個夏天。那時我已結了婚，住在離耶魯校區較遠的亨弗里街。濟安在耶魯一個朋友也沒有，我把他安置在研究院宿舍四樓，至少哈利同我極熟，可有個談心之人。濟安那三個月潛心寫那篇〈耶穌會教士的故事〉，哈利還在做他博士論文的實驗，二人談得很投機。小說在《宗派雜誌》上發表後，我寄了哈利一份。後來談起，他對濟安的英文真佩服，對濟安絕對反共的態度則有些保留。洋人間對中國人愈友善，對中共大陸愈抱一種幻想，真是沒有辦法的事。一九六九年《黑暗的閘門》出版後，我也寄了哈利一冊，他真細心讀了，見面時談到濟安，唏噓不已。

一九五五年我離開紐海文，這以後幾年雖然每年聖誕寫信保持聯絡，他那年拿到博士學位，我已記不清了。一九六二年我來哥大，他那時已結婚了，在新澤州化學工廠Monsanto擔任研究工作。暑期有一天特地進城，約我在鬧區一家酒館相聚，同桌還有兩位化學系老同學，有一位帶了太太來。這以後有好多年至少一年見一次面，恰巧那幾年卡勒在新澤州South Orange一家小大學教書，他的太太是荷蘭人，很賢慧。哈利請我，卡勒夫婦也必到；卡勒請客同樣也請我們兩家。我請他們則在中國館子。同洋人吃飯，喝酒第一，我酒量不如他們，總喝得醺醺大醉。反正前妻開車，不會出事。隔日我的大女兒建一一定要笑談我酒醉失禮的情形，自己想想也很好笑。

但笑話雖然說得多，也有靜下的時間，講些真話。哈利在Monsanto雖然職位很高，但如研究不出什麼成績來，日子也不好過。在大學裡教書，寫了好多篇論文，拿到長期聘約後，即使不寫一篇論文，學校也拿你沒有辦法。在工商業機關裡作研究的學人，平日待遇高，但隨時都可以被解聘。尤其在不景氣的季節，公司不賺錢，有時整個研究單位給裁掉，全體工作人員都失了業。一九七二年底收到哈利年卡，謂給公司裁了，賦閒在家。雖然憑他的家世和積蓄，不愁衣食，但四、五十歲的人天天在家，日子總不好過。加上結婚多年，沒有子女，瑪吉莉日裡出去當看護，晚上二人對坐在家，教育程度不同，也沒有什麼可談。哈利算是個WASP，英國種的美國人，外表彬彬有禮，看樣子從不同太太吵架，胸中積著的憂鬱，卻沒有地方發洩。翌年找到事了，搬家至賓州，在FMC公司營業部任職，得在賓州東北部到處拿了樣品推銷貨物。亞瑟密勒的名劇「推銷員之死」感人至深，實在推銷員這項職業要面皮厚的人才能勝任。住在曼哈頓，大家門户森嚴，怕同生人打交道。我初住曼哈頓幾年，有個推銷富樂牌梳子、刷子的老人，所謂Fuller Brush Man，一年要上門兩次，推銷些家庭用品。偶爾我也買一些，實在看他年邁力衰，衣服灰舊，到處吃閉門羹可憐。我二次婚後，他還來過，後來見不到他了，不知還在不在人間。

哈利充任的當然是高級推銷員，但要把自己公司的出品，説得如何如何好，要人家去訂購銷賣，對性近文學的化學博士來説，總不能説是樁勝任愉快的工作。有一年聖誕節來卡，謂流年不利，汽車出事，人倒沒有受傷。若非酒醉，我想老是在公路上趕路，為公司推銷貨物，一定心境不佳。失業的那一年收到賀卡後，王洞二月間要同我祝壽，即邀他夫婦來寓所吃頓晚飯。那時自珍尚幼，還可以在家裡請客。王洞備了一隻洋人最愛吃的北京烤鴨，也做了一道日本式的油炸大蝦，菜餚算是豐盛的了。那時卡勒已去浮吉尼亞州教書，不可能三家歡敘。但哈利面對佳餚老友，杯酒在手，雖然心境不佳，也非常開心。這是我最後一次見到他。

二一、一九七八年元旦

上文一大半是一九七五年底寫的，隔兩天，看到宋淇來信，謂錢鍾書去世了，即把該文放下，另寫追念錢鍾書的悼文。哈利同我是私交，國內既沒有人認識他，文章也沒有必要發表，就一直擱置在書架抽屜裡。

今天元旦，有位主編從臺北打電話來同我拜年，同時不忘催稿。拿出舊稿重讀一遍，覺得這次聖誕假期，更不如往年，更沒有時間作研究、寫文章。自珍即要六歲了，比起兩年前，並沒有多少進步。這幾天她日裡睡，晚上起來，餵飽後，就要我馱她，一次一次馱著下樓梯到底樓門廊空地去玩。她騎在我肩上，非常開心，只苦了我，多少該做的事，永遠推動不了。馱她時當然不能戴眼鏡。昨夜大除夕，美國人守歲，少不了喝酒。有人喝醉了，在靠近大門前吐了一地，我看不清楚，滑了一跤，虧得小孩未受驚嚇。二人摔跤，我左掌最先着地，承受了二人的重量，疼痛不堪。虧得骨頭未斷，否則大除夕還得到醫院急診室去照X光，上石膏，更不是味道。我用功讀書，數十年如一日，想不到五、六年來，為了小孩，工作效率愈來愈差，撫摩著微腫的左掌，更增添了歲除的哀傷。

兩年前，看到素卡，當晚即打電話去唁問。瑪吉莉已返娘家，打通電話，已是年初三、四了，電話上當然也不能多講什麼。那年三、四月間，瑪吉莉來訪，才長談了一晚。哈利想自殺，她一點也不知情。那天是感恩節過後的一個星期天。瑪吉莉在廚房做菜，哈利去寓所底層basement幹他的活，她也不在意。周末期間，美國男人愛到工具室去做那些做不完的粗事。待把肉烤好，瑪吉莉叫他，不見動靜，自己走到底層，哈利人已躺在血泊裡了。底層有一隻寫字檯，哈利當過兵，抽屜裡藏有手槍，那天下午，他開抽屜，拿了手槍，裝了子彈，對準腦門一槍，瑪吉莉連槍聲也沒有聽到。

我拿到博士學位後，每年給耶魯研究院二十元，略表一番意思。那年哈利同學發起募捐，建立一個「哈利納德爾登紀念金」，我再多捐了七十元，此外也沒有別的方法紀念亡友了。旅美三十年，近十多年來，國內外中國朋友愈來愈多，美國朋友愈來愈疏遠，除了系裡的同事，不得不保持一點來往外。哈利算是多年的老朋友了，但他的底細我知道得不多，連他的太太也不知道他下決心要自殺。

已故名小說家奧哈拉（John O'Hara）寫過不少耶魯人的故事。耶魯人在工商界做事，表面上看來總是很得法，但生活上煩惱也有不少。哈利也可算是奧哈拉小說裡的典型人物，雖然奧氏小說主角通常地位更高，都是商業鉅子、金融界的望人。有一次也為了深夜照顧自珍，無意在電視上看了部奧哈拉小說改編的舊片，「弗特立克北街十號」(*The North Frederick*)，頗為感動。保險界(？)巨頭賈利古柏路過紐約，順便去看他正在大學念書的女兒。女兒適外出，同她的同屋女友邂逅片刻，竟發生了愛情。古柏同他的太太早已感情破裂，但他有外遇，連他最疼愛的女兒也不能諒解。他只好借酒澆愁，終其餘生，鬱鬱而亡。

今天元旦，想起有一年大除夕，我還是研究生，在耶魯附近一家名叫諾曼提(Normandy)的小館子，吃頓最便宜的客飯，再回宿舍去讀書。想不到付錢的當口，見到研究院副院長(Associate Dean)辛潑生(Hartley Simpson)也是一人獨坐在吃客飯。辛潑生專治英國史，也是歷史系的副教授，終生未婚，為耶魯忠心耿耿服務了一輩子，早已物故了。一個窮學生，身在異邦，胡亂吃頓年夜飯沒有關係，想不到辛潑生那晚竟沒有親友邀他過年，一人吃完飯，重返研究院大樓教職員單身宿舍，心裡該是什麼滋味。今晚重補舊稿，也把辛潑生提一筆，因為我付錢時，他點頭向我微笑的樣子，帶有一點淒涼的味道，至今不能忘懷。

——原載一九七八年一月廿七日《中華日報》副刊

讀《移植的櫻花》

——給歐陽子的信

收到您的信和書，那一份欣喜是異乎尋常的，讀完《移植的櫻花》以後（篇名與書名都好），眞有好多的心得感想，覺得連筆談都不夠痛快，恨不能馬上飛到德州，在您和顏先生悉心經營的花圃田園中，分享一下您們的「農耕之樂」，同時和您談寫作和人生的許多問題。從您〈關於我自己〉的全文中，看出您眞是一位有智慧、愛心、毅力的文學工作者，與您討論，一定獲益至多（多年前，歐陽子這個筆名，就在我心中佔有相當重的分量，那時以爲您是個男士，這也許是受了〈秋聲賦〉的影響吧，一笑）。我也很想看看您的三位可愛的孩子，領略一下世松的聰明巧智。他的仁慈，愛憐小生命而及於小小昆蟲，令我好感動。我們一定會很談得來，我要講最近如何營救一隻蜘蛛以及和一隻小蜜蜂輕輕說話的眞實故事給他聽。小生命眞有靈性有感應，殘殺生靈確實是非常不應該的。

我看書很慢，無論是理論或抒情的，我都一個字一個字慢慢的看，遇到我特別喜愛或值得深思之處，我都來回看好幾遍，有如和作者面對面交談；其樂無窮。您的書，我當然是這樣看的，您這本書，我篇篇都喜歡，〈入院記〉與〈移植的櫻花〉給人的啓迪很多。我一生已住過四次醫院，雖然沒有患過像您這樣嚴重的眼疾，但每次也都是死去活來。在病中，愈益感到生命的可貴、人情的溫暖和自己活在這個世界上的意義。尤其是去秋的一場胃出血，生死之間不容髮，異鄉臥病，悽苦可知。外子爲我日夜奔波，那份恩情令人感激涕零，躺在病床上，更想念遠在臺灣的兒子兒媳和關懷我的親友們，眞有點捨不得就這麼死掉。我總算活過來了，現已健康如常。正如您說的「如果我們總是回頭，想像各種可能發生的災禍，怎麼還有勇氣向前邁進呢？」您這篇文章，寫得生動、緊湊、自然又風趣，如用「文以載道」的口氣來說，是一篇極好的「勵志文學」。〈移植的櫻花〉更不用說了，眞是好感人。您說「想著只要能永遠保有這個家，永遠沉浸在這一份溫暖裡，變成殘廢也不是一件怎樣可怕的事。」人就是這樣，面臨危急關頭之時，心靈就格外的清明，抗拒病痛的勇氣也會倍增。病癒以後，在心境上會有更上一層樓的感覺。

臺灣櫻花，在德州的土地裡活了，而且花開得那樣繁茂，您說得一點不錯，「天生的質，有時也能戰勝環境的。」這株櫻花，使您自「累積多年的心靈痲痺」中覺醒過來，您「載滿了近乎痛苦的狂喜，感觸銳敏得無以復加。」我很能體會那「豁然開朗」的境界，因爲我也曾經有過。可惜我沒有像您那樣持續的勇氣與毅力。我常常爲一些無聊瑣事瞎忙，或無聊憂傷而浪費時間，現在我已偌大年紀，覺得做什麼都太晚了。其實造物主什麼時候要我們離開人世，誰也不知道，也許是三年五年十年後，也許就在明天、後天。活著就得盡量把握此時此刻，讀您此文，增加我不少勇氣（我想勇氣、毅力與年齡無關，我容易有挫敗感，但讀了朋友的好文章，受到朋友的鼓勵也特別容易振奮）。最使我感動的是您說「能多看一日、多活一日，那是上天給我的額外賞賜，而不是我來到世間就該享有的權利，」您「領會到自己的幸福，體驗到生活的情趣，感觸到生命蘊含的無窮喜悅……」如果我現在人在臺北，我會將這些句子念給我的孩子聽、學生聽（此文在時報刊載時錯過未讀），念著的時候，心也充滿喜悅。看您寫《王謝堂前的燕子》和編《現代文學小說選集》的用心，我眞正相信您是確確實實領會到這份幸福與情趣的。您用一隻不是百分之百健全的眼睛做了這麼多工作；您旅居海外這麼多年，而心向臺灣，感到自己總算爲臺灣文學和社會做了些工作，心中感到踏實，我眞感動您說的「肉眼一敗壞，慧眼就明亮起來，我回返到文學，回返到東方的文化思想」這是比什麼都值得人爲您驕傲的事。我來此一年接觸到一部分人物，他們或是對臺灣的國際局勢漠不關懷，或是把國內的一切都看得一無是處。打個比喻來說，就算「父母」有不是之處，難道連養育的恩情都沒有嗎？子女難道不盼望自己的父母健康長命百歲嗎？我是受舊式教育長大的人，我總是記得「君子不忘本」、「飲水思源」的舊道德——這也是我個人的道德標準，有時或顯得有點不合時宜，好像是康德說過這樣的話：「自立信條而自守之道德標準無待外求」，這與孔子所說的「克己復禮」「我欲仁斯仁至矣」的意思相近，你該不會覺得我太迂闊吧？因爲這與您論道德標準好像有點衝突，當然人都是凡人，我們不能以全人的人格要求於凡人，或先天性惡之人或愚昧無知之人，但如果是在同一個水平上，同一個環境中，同等的智愚上的人，我們總可以同樣的道德標準去衡量他（她）們吧，如果不合於此標準，就是您所說的欺昧自己良知的人了。

您的〈關於我自己〉，使我反覆深思，讀了又讀，對您也有更深一層的認識，嘆佩於您的正直、剛毅、爲學、寫作之認眞不懈，表現於您作品中的，實不止王文興所說的「穩重、細心、冷靜」而已；您「力求完美，絕不馬虎」的性格，使您在寫小說及文學批評時，態度十分的誠懇。儘管您的有些小說矯枉過正地過分強調人心的缺陷，使人看了「好難過」，但只要出發點是基於悲憫心情的，就值得人重視。您評白先勇的《臺北人》，我當時也介紹同學們仔細地讀過，因爲我也選了他的小說給他們欣賞分析，白先勇對舊時代生活的體認，人物性格、心態之刻畫，主題之呈顯，技巧確是相當高明，您的詳細評析，不止是對有志於小說創作者的幫助。

這些年來，我一直都寫散文，但我仍有試試再寫小說的念頭。您說的寫小說那種「死去活來」的痛苦經驗，我只要認眞的寫，也會有的，只是個人才情所限，即使死過去幾次，也寫不出自己滿意的作品來。可是我總是不死心，老是對自己說，「我心裡有一篇眞正好的小說，只是還沒寫出來，我要寫的。」就是連寫散文，我也並不像您的「心平氣和」，並不輕鬆，一篇比較滿意的作品完成，至少也得昏迷好幾天，看來那麼平常的一篇東西，我的初稿總是塗改得面目全非，有時連一個聲音太接近的字也得改掉（正如您用一個「的」字，都要再三考慮）。您寫小說是先想到一種處境或困境，然後設想某種性格的人陷入其中的心理反應，這對於人物行爲的動機，具有透視性的效果。我不擅長寫小說，也不重視方法與理論，因此往往先由一種情態引發一個意念，那意念往往是對那情態的不滿與糾正，於是就運用那情態或人物予以改變，寫一篇小說，以表達我的希望和看法。可惜都寫得未能十分滿意。還有我大半生中所遭遇到的許多事、許多人物，並不個個都像我回憶童年文中的人物那麼純樸善良。年輕時，我想寫那些人和事是由我的厭惡與憎恨，現在已完全沒有厭恨，只有同情與憐憫，但我又不知如何下筆。那些人和事明明是要用小說寫而不能化爲散文的，希望有一天能與您當面討論後再動筆。「任何一個人，無論爲善爲惡，必有值得饒恕的動機」，當年有一位仁慈的老法官曾對我這麼說過。他說罪惡本身雖可恨，犯罪者卻是可憫恕的，可是一位公正廉明的法官，不一定過著好的生活，相反的，往往貧病交迫以至於死。這個世界是不太公平的（我寫過一篇老法官的故事，和一篇公務機關基層人員的悲和喜。應該算是象牙塔外的作品吧）。

您說的「藝術本來就和人生分不開，藝術必然是人的藝術，」眞是一針見血之論。我最反對把這二者分開，既然生而爲人，就有人生，人的思維感情行爲就是人生的表現，將這一切寫入作品中必須以藝術的手法，正如一件雕刻之所以引起人美感，還是由於藝術家的雕刻技巧，實不必再爲此爭論，哪有與人生脫離的藝術呢？教堂的莊嚴音樂及壁畫是藝術，而宗教就是人生。我國自古以來的大文豪大詩人，他們都是用生命的血淚寫入文章與詩歌。屈原不放逐，焉有《離騷》；庾子山不經亡國之痛，焉有〈哀江南賦〉；杜甫的〈北征〉簡直就是一篇流亡小說，有哭有笑、有同情有憤怒。記得當年老師說得眞對，他說「極痛中不能寫，要痛定思痛，入於痛苦，出於痛苦才能寫，那時你心境平靜，才能反省、才能客觀地透視人生。」老師如生於今日，讀過文藝新理論，一定是一位寫小說的能手呢。他教我們《左傳》、《史記》，就主張追究這些歷史人物當時的心理狀態，和他從事某一行爲的動機，他說人性絕沒有百分之百的善或惡的，正因人性的多面性，所以才形成複雜的人生、複雜的人際國際關係。後來我講《左傳》的晉公子重耳流亡一篇，就用這種觀點去分析重耳的心態，同學們都覺得非常有趣，史家也是小說家，講《史記．項羽本紀》這一個悲劇英雄充分發揮他的自由意志。他是如此心甘情願地選擇了自己的路，自刎於烏江。絕不接受旁人的安排——渡江東返。司馬遷眞是全心在寫小說而不是寫歷史，他自己也是悲劇英雄啊！《漢書》是政治宣傳，是教條；班固，與司馬遷的氣魄境界相差不可以道里計，前者才是眞正的藝術，不知您的看法如何？

四月間〈聯副〉座談「中國小說的未來」，記得有人認爲有的作者重視內涵主題，而不重文字技巧。我認爲內涵與技巧原是二而一不可分的，主題意識必須高明的文字技巧來呈現，如無內涵，空有技巧，亦不足稱爲佳構。我自知技巧訓練不足，所以縱有許多想表達的主題，也只好暫儲胸中了。

從〈農耕之樂〉中，看出您先生的淡泊明志。你們的田園之樂，令人神往不已。請代致敬佩之忱。〈我兒世松〉一篇，我讀了好幾遍，凡是母親寫孩子的，都是至性之文，您這篇尤爲感人。世松天眞的愛心，不能容忍人類的殘酷，他的那個救蛇的夢，和對祖母過世的恐懼。我讀到「爲什麼不去，爲什麼不去——圖書館」都爲之泫然了。孩子稚嫩的心靈是多麼難以承當啊（此篇雖是散文，而組織之嚴謹，頗具小說效果）！您這位母親眞了不起。對他的撫慰與啓發是如此溫厚和恰當。

我每回讀朋友寫孩子的文章，就禁不住熱淚盈眶，我想起幼年父母對我的教誨，更想起自己的孩子。兒女應該是自我的延伸，可是我卻爲何如此感觸萬端。

——六十七年十月

雪花開放的聲音

——訪馬瑞雪兼談她的作品

在費城火車站，給瑞雪打完電話，我們就坐著等她夫婦來接。眼前浮動著的，是瑞雪去年春天回臺灣時，歡迎茶會上她的體態神情。她小小的臉蛋，短短的髮型，淺黃色的洋裝，細細柔柔的聲音，坐在她雙親馬思聰先生夫婦身旁。右邊是她的愛女伊達。斯斯文文地陪母親坐了兩小時，有點不耐煩地不時扭動身子，不得不撿一塊糖果放到嘴裡漫嚼著。那天發言的先生女士們非常踴躍。我卻最記得海音所說的幾句話：「坐在上面這麼一個嬌弱的小女子，你怎能想像她會排除萬難，和父母弟弟逃出鐵幕，投奔自由。我們眞佩服她勇敢機智的一面，但我因和他們一家有多次的聚會，因此也見到她依在慈母身邊，愛嬌稚嫩如小女孩的一面。這一幅天倫之愛，眞是感人，也更令人領會自由之可貴……」

遠遠的，那個嬌弱的小婦人瑞雪，陪著夫婿吉承凱先生，牽著小依達，已經向我們走來了。我們和承凱曾在電話中多次交談過，所以一見面握手，就像是老朋友。小伊達親暱地握著我的手，她竟然還記得在臺灣一次宴會席上，我送她的一個小燈籠項鍊。我在她耳邊輕輕告訴她這次給她帶來一個臺灣工藝品小小銅算盤。她不懂算盤是什麼，卻用帶著廣東口音的國語說：「謝謝您囉。」我好喜歡她那個拉得長長的「囉」。

在一家清靜的廣東館裡吃著可口的午餐，傾談之間，我們發現承凱這位理化博士，對文學、藝術、音樂、哲學都有非常深厚的興趣，和精闢的見地，彼此頓覺談得格外投緣。瑞雪說他看書眞快眞多，但選擇很嚴，對她的文章批評也很嚴。承凱報之以無限溫情的一笑，學人與作家的珠聯璧合，使他們家庭幸福無窮，也使瑞雪的才情文思，日益充沛。

餐畢走到街上，卻見一列列遊行隊伍經過，原來是爲獨立戰爭中一位Von Stuboun將軍的生日紀念，舉行慶祝遊行。和風麗日之下，壯麗的隊伍，多姿多采的花車，包含著各階層職業人士，各種族的美國公民。樂隊的演奏，和儀隊的操槍，尤增鼓舞氣氛。在這古老純樸的小城市中，人們享受著充分的安詳、自由、和樂之福，才會懷念和感激二百年前，爲爭取自由而戰的英雄志士。我來美一年多，在熙熙攘攘的紐約市經過時，感到的只是匆忙與孤寂，此時面對生氣蓬勃的遊行行列，才感到這個年輕國家，兼容並蓄的博大精神。

瑞雪的家，住在一幢環境清幽的公寓第十一層樓。底樓有很大的休息室，落地長窗外草坪似錦，綠樹扶疏。承凱對家庭佈置，別具匠心。走廊與客廳的中西名畫，都是他精心選購的。我們浸潤在一片藝術氣氛中，聽著他爽朗誠懇的談吐。最難得的是他去國十餘年，而對國內的作家作品，瞭若指掌。詩、散文、小說，他無不涉獵，對於臺灣文壇近貌以及今後文學的方向，說來「言必有中」，眞個深獲吾心。瑞雪在健談的夫婿身旁，總是微笑諦聽的時候居多。小伊達坐在我旁邊，撥著銅質小算盤，不時拉著我的手問：「教我怎麼玩嘛。」又不時從碟子裡摘下一粒葡萄，送到我嘴邊親切地說：「你吃啊！」她那個「啊」也拉得好長，又是她可愛的廣東國語。

瑞雪的雙親馬思聰先生與夫人，是我們最敬佩的音樂大師。在臺時僅能遠遠地瞻仰他們的風采，此次，得以共進晚餐，感到非常興奮。瑞雪弟弟馬如龍親自炸牛排款待，我們還從沒吃過這麼鮮嫩的牛排。他誠於中形於外的神態，使我們無拘無束地，得以一塊又一塊地大快朵頤。馬先生初時似木訥寡言，引杯淺酌以後，便開始侃侃而談。他面露和煦如陽光般的笑容，那一絲絲的深淺縐紋，就有如蕩漾著微波的一泓潭水，那般的深沉、平靜，而涵蘊無限。如果不是讀了瑞雪的文章記述，再也不能相信這一泓深潭，是由驚濤駭浪奔騰匯合而來。他低沉的語音，有如他琴弦上出神入化的音符，我們虔誠地諦聽著，對他有一份「無德而稱」的感受。卻領悟了音樂的最高境界，原是與哲學、文學、道德融為一體的。

馬夫人平易款切，談笑風生，因為她來紐約時，我們曾在電話中交談過，見面時便倍感親切。她言談舉止快速，與馬先生的從容不迫成一對比。音樂的素養，極自然地在她高雅氣質中流露而出。瑞雪和小伊達坐在她兩邊，祖孫三代的幸福笑容，畫家之筆也難以描摹。瑞雪在母親身邊，眞個如小鳥依人，伊達就像小麻雀般跳躍著，與奮得什麼也吃不下。席間最健談的還是承凱，他和瑞雪談最近應邀回國的經過，各方對他們的熱烈歡迎使他們非常感動。對祖國的經濟建設與多方面的進步，至表欣慰。對政治的革新和今後的方向，談來尤為語重心長。

我舉目望室中淡雅的佈置，柔和的燈暈裡，他們一家團聚的天倫之愛，這一份安全與溫暖，陡然使我想起瑞雪〈黎明之前〉中的描寫：她和母親躲在平山蓮花村農舍偪促斗室中的心驚膽戰日子，她獨自幾度冒著刺骨嚴寒到「北京」探望慈父，終於把他接到平山，和母親弟弟重逢如隔世的悲喜，最後冒著九死一生的危險，於深夜搭小渡船逃離魔窟的驚險過程……這一幕幕情景，都在我心頭浮現，與眼前這幅天堂情景，多麼不同！我才眞正相信中國古語的「吉人天相」，確實是至理名言。所謂吉人者，乃是具有高度智慧、勇氣、毅力之人，任何危厄與壓力，只有更增強他們求生存、爭自由的潛能與意志。記得瑞雪文中，波仔問她：「如果只有一個位子，誰去？」她回答「當然是爸爸」，兩個就是爸爸和媽媽，三個就是雙親和弟弟。如此的孝思與友愛，上天焉得不予以庇佑呢？我再看看眼前嬌弱的瑞雪，眞難想像，她那股出生入死策劃一切的智勇，究竟是從何而來的？

次日上午，承凱開車帶我們遊覽VALLEY FORGE古戰場，這是一七七六年美國獨立戰爭最後一場最壯烈的苦戰。據說原來的戰事，節節失利，孤軍被圍困於此六個月，幾乎瀕臨絕境。華盛頓將軍乃親自駐紮於此，指揮督戰，終於轉敗為勝。或說戰場在二十里之外，此處是總部練兵之處。有的則說這裡就是被圍困之處，並留有堡壘一座，以供遊客憑弔。華盛頓的總部，只是一幢簡樸的樓房，樓下是辦公室，樓上是臥室與夫人的工作室。家具與盤碗等等都是十八世紀的古董，卻並不是他們本人使用過的。我們在廣闊的草坪上俯仰徘徊一陣，我挽著瑞雪，她的手細細小小的，粉紅的寬大毛衣，在秋風中，似有單薄不勝寒的樣子。我不禁又聯想起，她書中所寫的，那個孤伶的小小人兒，深夜在北平冷清街道的霜風中，顫慄著鵠候黃包車的情景。如今這一對神仙眷屬，和他們天使般的孩子，在此歡樂自在地徜徉，我眞深深為他們祝福，也因而想起大陸苦難的親朋戚友而悵恨萬千。相信瑞雪這些年來，心頭斑斑創痛未復，餘悸猶存，對於她自幼生活在一起的，患難與共的親友鄰居，一定是懷念日深。我望著她在笑語盈盈之中，微顯蒼白的小臉蛋，仍不時流露出一絲惝恍神情。司馬中原在《古老的順成河》序中說：「在美國自由的生活環境中，她的感覺仍舊是飄泊而孤單的。」大概就是這個緣故吧！

倦遊歸來，與他們告別時，小伊達一直左右不離地守著我收拾梳洗用具。她低聲地問我：「你一定要走啦？」我說：「是的，我一定要走了。」她以廣東國語誠懇地說：「你不要走啊！」一聲「啊」字，又拉得好長好長，就像一個小老人的口吻，眞個是無限的依依。童稚情眞，令人心感。她母親說她好重感情，從臺灣回美時，對著歡送她們的朋友們，她的淚珠一顆顆落下來。

歸途中，我一直在想著瑞雪這個人，回味著她的文章。回到家中，我又把她的《黎明之前》、《古老的順成河》、《送給故鄉的歌》、《三度空間》等作品，一一重讀。在我個人的感受中，覺得瑞雪的作品，具有多項特色。

其一是她滿懷的哀矜悲憫，無絲毫怨恨與譏諷的筆調。由於她自幼在大陸成長，對於現已遠離的父老伯叔，自是無限關懷，對於壯麗河山中的一草一木，都有血脈相連之感。她雖痛恨「文革」中的罪魁禍首，而對於幹部，對於造反的紅衛兵，仍舊寄予無限同情。在《黎明之前》中，她寫一波波蜂擁北上的紅衛兵，擠在車廂裡，飢寒交迫，惶惶如喪家之犬，她竟然忘了自己一家受文革之禍的痛苦，而深深地體諒起他們來。她說：「我想起已經被壓得透不過氣的中國青年的命運……中國青年有的是無處發洩的熱血，他們惟恐天下不亂。」在〈資料室〉那篇小說中，她寫關平捏死了親生女兒，爲的是不願她生活在這個充滿痛苦的社會。她沉痛地說：「在大陸生活的人，都不應該結婚、談戀愛、更不應該養孩子。」這些慘絕人寰的眞實故事，她寫來不是使你聞到血腥，而是使你聽到聲聲飮泣。她的筆，永遠是那麼溫厚地描述著每一個她接觸的人，她所見到的景象。她隨著他們一同憤怒，一同悲傷和悽惶。當時這個歷盡浩劫的少女，眞不知如何負荷得起這一份沉重的哀傷。她和一同受苦受難者的心情，想來只能以杜甫的四句詩來描述：「莫自使眼枯，收汝淚縱橫。眼枯即見骨，天地總無情。」

其次是她的運筆自然，感情眞摯。瑞雪文章，就貴在一個「眞」字。司馬中原在她《三度空間》序中說，「筆與心的緊密契合，形成她作品的特色。」正是此意。她無暇編織故事，也無心修辭練句，她一枝傾瀉之筆，有如黃河之水，夾泥沙而俱下。她的心也如黃河之水的澎湃奔騰。相信在經過一番沉潛過濾的時光之後，更將於眞摯自然中，透出純淨洗練之工。

平心而論，瑞雪的作品，自是有異於出生長大在自由安全的臺灣作者，描繪大陸生活的作品。後者儘管有滿腔關懷大陸同胞的熱誠，也有自反共義士口中與其他報導中，掌握的資料，但總不像瑞雪有那一份濃重的鄉土之戀，親友之愛的切膚感受。她的作品，也不同於在臺灣完成大學教育，出國深造之後，對大陸政權存著幻想，懷著一腔用世的抱負投向大陸，終於失望而回的作者所寫的。因爲他（她）們的作品是客觀的、冷靜的，是有餘暇慢慢編織成動人小說的，因爲他（她）們自始至終是理智的。而瑞雪是以一身在滾滾紅流中所受之苦，推憫大衆之苦。她是感情的、激動的。她不計工拙，只有訴說，也不顧及是小說抑是散文。此所以她的第一本集子《黎明之前》，似小說又似報導，內容感人而章法凌亂，我把它比作良工手中的璞玉，如再細加琢磨，必成爲一樣非常完整的藝術品。

可貴的是她自然之筆，並不是不擅長寫情寫景。許多情景交縮之處，讀來令人神往。例如〈西北行腳〉一文中（見《古老的順成河》），她寫蘭州祁連山的壯闊蒼涼，筆墨如畫。對山風中開放的大麗花，她「懷疑是絕望少女的鮮血化成的。」對著肥沃土地裡生長的肥碩茄子和捲心菜，她「不懂爲什麼百姓的生活那麼苦。」我深爲她的熱情與眞摯所感。

《黎明之前》，她雖只是平鋪直敘地寫來，而筆觸隨著她的心情顚簸起落。有別離的悲傷，有逃亡的驚險，有重逢的歡樂，也有百折不撓的毅力信心之表顯。儘管她在亂離中歷盡艱苦，對眼前景色或人物，仍以無限溫柔關切之心去欣賞感受。例如她寫「北京的冬夜是美麗的，尤其在那些無風的晚上，空氣是那麼乾淨，皎潔的月光出現在天邊，那夢沉沉的光輝照著長安街，這條熟悉的寬敞馬路。望著月亮溫柔安恬的面孔，我想起了多少幼年時代難忘的愛。」優美的文字呈現出古城無限蒼涼，——那個不能再有「愛」的悲慘世界。筆調是淡淡的，卻深得含蓄之旨。

又例如她寫平山飢寒中的孩子們，一邊發抖，一邊說著笑話。她寫道：「一個最瘦小可憐的男孩，在床底角落裡發現一分錢，他爬進去把錢揀起來，當他爬回來的時候，我難過得撫摸著他小猴子一樣的腦袋，他是脾氣最好也是最受欺侮的一個，這一分錢使他非常快樂。」這一幅生動的圖畫，顯示出作者的一顆愛心和童心。自己在苦難中，卻忘我地同情別人。我不由得想起杜甫的詩。在離亂中，詩人爲「朱門酒肉臭，路有凍死骨」而悲嘆。而看到「或紅如丹朱，或黑如點漆」的山花時，他仍有閒情逸致去欣賞。我想大凡有眞性情的人，無論於造次顚沛之中，都必定保有一顆赤子之心，愛人間萬事萬物。這一點愛的溫煦，於瑞雪文章中，也時時可以感受得到。

我還頗爲激賞她寫父女從北平逃出，在火車上的一段。她看到人吃燒雞津津有味，要求父親買一個，父親說「不行，太貴了。」好不容易說服父親買，火車已開走了。寫困窮不以正筆，而以小孩子的貪吃襯出。到了平山，她爸爸說：「我要吃一次椰子冰淇淋再回鄉下。」然後他高興地說：「今天我不用在學校洗廁所啦，眞是越想越高興。」父親的輕鬆幽默神情，躍然紙上，卻點出了脫離苦難的狂喜。凡此瑣屑小事，她絲絲縷縷地寫來，就如一道流泉，使人神志清明，胸懷溫厚。

此外，因瑞雪家學淵源，有音樂與詩的素養，她奔放的熱情，加上詩人的氣質，給她的散文和小說，抹上詩的閃爍光輝，而構成了另一特色。《送給故鄉的歌》是長篇故事詩，筆調之哀婉，有如春蠶吐絲。氣氛之悲悽，有如峽猿蜀宇。她並不是編織故事，而是以血書，以淚書。這一點，在羊令野先生為本書所寫的序內，已說得很明白：「你的血脈裡，流動著黃河兩岸的風景。一回首，中原日落，萬里蕭蕭風悲鳴。故鄉啊故鄉，血淚千行作見證。」

眞個是「國家不幸詩人幸，賦到滄桑句便工。」我們沉痛於國家的不幸，而對於瑞雪奔放的才華，眞摯的情操，卻越發寄予無窮的厚望。她今後於安定自由的生活中，必將有更工、更震撼心靈的篇章，陸續問世。

記得她在《黎明之前》中寫著這樣的心願：「我念念不忘幻想世界中的人物，我渴望找一個時間，把他們活生生地固定在紙上。」如今她有的是無限幸福歲月，相信她懷抱吾土吾民的心中，念念不忘的，豈止是幻想世界中的人物？她一定會把大陸上眞眞實實的人物與景色，刻骨銘心的故事，活生生地固定在紙上吧。

「打從南方暖暖的土地，曾經聽見雪花開放的聲音。」這是羊令野先生爲《送給故鄉的歌》所寫的序詩中的首二句。我是愛雪的南方人，因而格外激賞此句。雪花又正與瑞雪的名字巧合，因借以爲本篇命題。我，正在靜靜地諦聽瑞雪筆尖朵朵雪花開放的聲音，羊令野先生必將莞爾同意吧。

——六十七年十一月

靜謐的大學城

愛荷華城位於美國的中西部，是一座靜謐如農村的大學城。友人開車帶我兜了半小時，就把一個小小的市中心區兜完了。最別緻的一點是大學建築分佈在愛荷華的東西岸，和市區的各大街縱橫毗連，剛穿出一幢文學院或法學院的大門，就已面對熱鬧的大街了。不辨方向如我者，不到半天，就把井字形的直街橫街摸熟了。

友人家在河的對岸，步行過長橋，翻一個斜坡，二十分鐘即可到達，繞河開車僅五分鐘可到。她的房子在幽靜的柳蔭叢中，屋前屋後全是柳樹，我一眼看到這地方就愛上它。我去時是四月初，草色尚黃，殘雪未消。垂垂的柳絲，光禿禿的還沒有一點綠意。可是春天也來得眞快，當我於一個月後將離去時，已是綠滿庭院。尤其是後窗外一片斜坡，新紅嫩綠之間，時有小松鼠、小麻雀跳躍嬉戲其間。萬縷千條的柳絲，隨風飄拂窗前。友人夫婦外出時，我一個人徘徊在後院的木板平台上，松鼠與小雀都不躲避生人，眞像杜詩中所說的「得食階除鳥雀馴」，手牽著柔細的柳條，悠悠然眞有置身大陸江南之感。臺灣也有柳，但垂絲沒那麼柔、那麼長。愛荷華的柳很像杭州西湖堤上的柳，自有一份魅力，引人無限鄉思。

在此居住的人，居然可以夜不閉戶，門雖設而常開，他們雙雙出門應酬回來，屋裡開著燈，門虛掩著，一切安然無恙，這是在紐約華府的人所無法想像的。在高度工業化的美國，能得如此一處世外桃源般的文化小城，做學問寫作，也眞算享盡了天上人間的清福了，可惜美國人都太忙，我看他們能端一杯清茶，靜靜地守望著小松鼠捧著一雙小前腿，啃著新鮮果實，跳躍遊戲的時間並不多。他們忙的是爲了爭取更富裕更優越的生活，可是富裕優越的生活擺在面前，卻又無時間消受，我眞替他們可惜。

與國際寫作研討班一起旅行回來以後，我就遷住到「Iowa House」，我的房間面對優美的愛荷華河。倚窗眺望，或散步橋心，可以盡情享受朝暾夕暉中的彩霞變幻。河水平靜，微風而波。眼看兩岸柳樹也漸吐新芽，報來春的消息。遺憾的是河上沒有小遊艇，也沒有紅掌撥清波的小白鵝。加以河邊街道上來往行人車輛至多，總缺少一點眞正鄉村的情趣。

要上街時，也可以穿過軟軟的草坪，繞過圖書館、科學館等等，呼吸著清新的空氣，不知不覺就到了郵局、照相館、購物中心。店員們態度都很和氣，辦完事，買點喜愛的小玩意和零食，再花一毛五吃一客又香又甜的冰淇淋，慢慢地散步回來。遇到年輕的男女學生，就隨便和他們聊聊天，他們看你手上東西多時就會幫你提，愛問你臺灣的風光與文藝界的情形。有一次，我看見一個女孩子，坐在一棵楓樹下寫寫畫畫，天空正飄起細雨。我問她寫什麼，她說：「寫雨，我在寫一首雨的詩。」我也好愛雨，不禁駐足凝視著她，她用手背抹了下臉上的雨珠，低頭只顧寫，我怕打擾她的清興，只得走開了。

Iowa House是愛荷華大學便利於隨時來的訪客居住的公寓，毗連著愛荷華紀念廳（Iowa Memorial Union），這裡一共有一百十二間房間，單人房十元一天，屋裡還有電視。服務生態度很好，每天來整理房間都愛問東問西和你談家常。樓下有自助餐廳，一杯咖啡或冷飲，就可以隔著玻璃臨河悠然遐想或寫作看書一整天，也可以找大學生聊天，多了解他們的思想和情趣。半個月的逗留，可說享盡了悠閒的清福。而清潔的生菜，淋上義大利dressing，甜美的冰淇淋以及各種Cheese，使我的體重直線上升。

愛荷華紀念廳是一幢新建築，早在一九〇八年就開始計畫建造，由該大學的校友、同仁、學生捐助資金，購來了位於該地的一幢舊旅社，加以改建。幾年後卻失火焚毀，索性擴大計畫重建，完成於一九六八年，以後一直在添建設備中。裡面有會議廳、圖書館、娛樂室、影院、餐廳、小商店等等。如果你是個不好動的人，住在Iowa

House一年半載不上街都沒關係。

愛荷華大學最古老的建築是法學院的辦公大樓（Old Capitol），它原來是愛荷華區議員的集會所。愛荷華改州以後，第一任州長即在此就職，前六期的會議都在此召開，並起草州憲法，州政府於一八五五年遷移到戴摹（Des Moines），這幢建築就給了愛荷華大學，做行政大樓，也是該大學的第一幢樓舍。所以格外富於紀念性，是該校歷史傳統的惟一象徵。現在許多重要的會議在此舉行，第一層仍保留著最高法院法庭。爲了紀念這個州政府的發源地，最高法院有些案子就在此開庭。那一天，我以前的學生宣中文（已在該校新聞系修得碩士學位，後來臺任教輔大），邀我去旁聽，她的美國夫婿是修法律碩士的。那一次審理的是一件汽車公司與保險公司的賠償案件。我因對案情不清楚，也沒興趣，只看看一字兒坐著年高德劭的五位法官，他們的面容都頗爲和藹，每個人都對當事人律師隨便發問，有時且以幽默取笑的口吻說：「你當律師，怎麼不多研究一下我們的判例呢？」引得旁聽席上譁然大笑。這種情形在我國法庭上是很少見的。我國法院到了合議庭時，只有坐在正中的審判長主審，承辦法官只將案情和他商量討論一下，也不發問。坐在左右兩旁的陪席法官，只是在形式上略備一格而已，法庭的氣氛也較他們沉悶嚴肅，這也許是東西方民族性的不同吧！

——六十三年四月

永懷琦君專輯

閱讀琦君的方法

鄭明娳

感性散文和小說、詩歌最大的不同在於，閱讀散文幾乎就在跟作者交朋友。小說經常利用各種技巧輾轉表達作家的思想、詩歌透過提煉的意象呈現作家的情意，都只能窺見作者生命的某一部分。一位誠懇的作家，卻可以透過感性散文呈現他的「全人格」。閱讀散文，可以直接跟作者神交對談。

閱讀琦君所有的散文，除了可以看到她從小到老一生的經歷，更可以認識她的好惡、個性、思想與風格。最可貴的是透過她不同時間不同階段書寫的散文，可以看到她生命成長的軌跡，她如何面對困境？如何凝練修為？在洞明世事之後的她，為什麼對人間擁有更多的愛？名氣地位越高之後，為什麼更加虛懷若谷？這些，都可以在她的散文中尋繹出答案。

即使跟琦君生活在同一個時空，也不必遺憾沒有機會跟她直接認識交往。

其實，閱讀作家的散文，可以比作家的親人、朋友甚至作家自己，更深入理解作家，因為散文除了書寫作家的生活經驗、情感思想，也時常流露作家自己都不自覺不自知的潛意識。

琦君的人生旅程，並非事事如意，她並不習慣書寫自己生活層面的「負空間」，但她是一位誠懇的作家，讀者仍然可以綜合各篇章，從她隱微的輕描淡寫裡去演繹出：當她遇到挫折時，或者是規避、或者用面對而不阿Q、不抗議甚至更寬容的心胸去面對。在這溫柔敦厚行為的底層，既表現她的人生哲學，也經常是潛意識的無意流露呢。

每當閱讀琦君書寫童年「小春」時代的散文，我們眼前就出現一位活蹦亂跳的小女孩，她是「我母親的獨生女兒」、「長工們個個疼我」，直到琦君晚年，她才宣佈這位恩重如山的母親並不是她的親生母親，她筆下的父母，其實是收養她的伯父母。這個事實告訴我們：「龍生龍」不重要，龍之所以成為龍，是因教育而成。琦君筆下的母親，提供傳統價值中女性高標的身教言教的美德。調皮的「小春」在母親膝下並非事事依順，她見母親為姨娘繡拖鞋時「我馬上暴跳起來喊：您為什麼要給她繡，為什麼？」隨著年歲漸長，琦君的人生觀與為人處世，逐漸受到母親的潛移默化。但她仍然沒有全盤接收。她說：

「母親是個具備三從四德的舊式婦女，她自幼承受的母教就是勤勞，節儉和容忍。」「我雖然覺得母親的容忍似乎太過了點，但我卻想不出理由來反駁她。」

此外，讀者也可以在作家長期書寫的習慣裡，發現很多端倪，例如重複書寫的角色，以其出現的頻率跟書寫的分量，可以判斷人物在作者生命中意義的輕重、影響的深淺。以父母而言，同樣對她恩重如山的父親，為什麼寫作比例卻比母親少很多呢？

還有，在資料上，作家人生中曾經發生過應該算是重要的事情，作品中為何僅僅輕描淡寫？或者曾經書寫，後來就「缺席」的人事物等等，研究者都可以觀微知著，深入理解文章中的「隱藏作者」。

如果我們這樣尋繹琦君的散文天地，其結果必然是：閱讀琦君散文就是在閱讀琦君的人，越深入理解她生命的情境，就越喜歡她、尊敬她，不知不覺也想效法她。我想，文學對人潛移默化的功能就是這樣吧。

（本文作者為評論家，玄奘大學中文系教授）

鄉愁鄉愁，從此莫愁

——記琦君

愛薇

六月九日，從三藩市一抵達紐約，在與好友冰子通電話時，他第一句話問的是：

「看到報章報導嗎？琦君大姐走了。」

「看到了，昨天在三藩市華文大報都以顯著的版位刊登了她病逝的消息。」我說。

冰子是中國大陸著名兒童文學科普作家，本身也曾經是上海內科和整形醫生，十多年前移居美國，與琦君生前同住在New Jersey（新澤西州），不但是對方的朋友，也是她非正式的「家庭醫生」，偶爾有小病小痛時，隨傳隨到，兩人熟絡得很。五年前，我到紐約時，就是由他引薦我前往認識這位心儀已久的臺灣文藝界前輩，尤其喜歡她那些無數清新順暢和雋永無窮的散文。

數年前的邂逅

那年相聚的情景，如今依然歷歷在目。但見已八十五歲高齡的她，手扶著支撐腳力的托架，帶著滿臉的笑意，穿著深藍衣褲，外披米白背心，一頭雪白短髮，給人清爽俐落的感覺，和夫婿李唐基先生站在門口迎接我們，笑著對我說：

「腳沒力，只好靠這個了。」其實之前在對方作品和冰子口中，獲悉這位資深華文前輩作家健康並不怎麼好。

寒暄過後，她定定的望著我說：

「奇怪，我們以前是不是見過面？為什麼我對你有『一見如故』的感覺？」是親切的開場白，無形中也消除了雙方之間的拘謹和陌生感。

過後，我們「兵分兩路」。由於冰子已經是他們家常客，因此，他與李先生就躲到廚房去談論國家、民生大事，而我則與琦君前輩坐在客廳裡品茗促膝談心，從談話中，發覺原來我們還有不少共同的經歷和興趣。她曾經在中國當過短期間的幼教老師，也寫過不少兒童文學作品，特別是一些溫馨感人的散文。

永遠寫不完的故鄉題材

我個人非常喜歡這位古典文學修養深厚的女作家。未到紐約之前，剛剛讀過她最新出版的散文集：《永是有情人》。琦君對故鄉的「多情」，是眾所周知的，而且濃得幾乎化不開（難怪她身後遺言要魂歸故里，將自己骨灰送回故鄉溫州）。因此，我就特別就此揭開話題，問她為何在作品中對故鄉著墨特多？這些年來可曾回過故鄉？（溫州的確是個山明水秀的好地方，我先後到過兩次）當時她臉上浮現出一抹淡淡的哀愁神色説：

「沒有，前些年曾有這樣的打算，可是，卻因為行走不便而作罷。（二〇〇一年十月，琦君終於回到闊別半個世紀的故鄉，實現了多時的夙願）不錯，我覺得故鄉的題材真的一輩子都寫不完。我對故鄉的懷念，其實就是對我的父母親、師友的懷念。每回寫到這些，都禁不住熱淚盈眶，我忘不了他們對我的關愛，我也珍惜自己對他們的這一份情。像樹木花草一樣，誰能沒有一個根呢？」

誰能沒有一個根呢？

好一句「誰能沒有一個根呢？」短短的一句話，點出了這位前輩作家為數不少作品「鄉愁」的「情意結」。難怪她要成為「永是有情人」了。而且我相信凡是念舊的人，都是比較懂得感恩和惜福的人。

過後，我們曾以書信往來保持聯繫。

兩年前，聽冰子來信說琦君前輩已回到臺灣定居，希望我有機會到臺灣時，能夠順便探望她一下，當時毫不遲疑的就答應下來。

去年十一月，趁出席故李潼作品學術研討會時，我在作家陳若曦大姐的陪伴下，到一家高級老人公寓去拜訪她。然而，接待我們的李先生卻表示夫人那些天身體不適，正在休息。他先帶我們參觀了這棟公寓的各種齊備的設施，包括一個小型的圖書館，當然，最顯目的，莫過於那一套「琦君作品」了。一字排開，氣勢非凡，不愧為著作等身。

過後，李先生帶我們在餐廳吃了一頓營養豐富的「樂齡餐」後，就引領我們乘搭電梯上樓。

李先生先進入房間探視一下，出來告知夫人睡著了，我們都說別驚動她。李先生過意不去，就說：你有心老遠來看她，那就進房間去望一眼吧！於是，我輕輕的走了進去，只見前輩背過身，蜷縮的躺在床上。雖然我看不到她的容顏，但是，我願意將她當日那慈祥、溫厚的美好印象，永遠存留在我腦海中。

從此莫愁

記得當年在美國相擁作別時，老人家殷殷囑咐道：

「到美國來時，記得一定要來看我。」

如今，我重臨舊地，聽到的卻是故人已經到極樂世界去（琦君是位虔誠的佛教徒），她那滿腔的鄉愁，從此可以放下，不再有愁。

（本文作者為馬來西亞兒童文學作家）

琦君作品目錄一覽表

論述

詞人之舟　民七十年，純文學；民八十五年，爾雅

剪不斷的母子情　民九十四年，中國語文月刊

散文

溪邊瑣語　民五十一年，婦友月刊

琦君小品　民五十五年，三民

紅紗燈　民五十八年，三民

煙　愁	民五十八年，光啓社；民七十年，爾雅
三更有夢書當枕	民六十四年，爾雅
桂花雨	民六十五年，爾雅；民九十一年，格林
細雨燈花落	民六十六年，爾雅
讀書與生活	民六十七年，東大
千里懷人月在峰	民六十七年，爾雅
與我同車	民六十八年，九歌（民九十五年，重排新版）
留予他年說夢痕	民六十九年，洪範
母心似天空	民七十年，爾雅
燈景舊情懷	民七十二年，洪範
水是故鄉甜	民七十三年，九歌（民九十五年，重排新版） 二〇〇六年（簡體字版），湖北人民
此處有仙桃	民七十四年，九歌（民九十五年，重排新版）
玻璃筆	民七十五年，九歌（民九十五年，重排新版）
琦君讀書	民七十六年，九歌

我愛動物	民七十七年，洪範
青燈有味似兒時	民七十七年，九歌（民九十三年，重排新版）；二〇〇六年（簡體字版），湖北人民
淚珠與珍珠	民七十八年，九歌（民九十五年，重排新版）
母心·佛心	民七十九年，九歌（民九十三年，重排新版）；二〇〇六年（簡體字版），湖北人民
一襲青衫萬縷情	民八十年，爾雅
媽媽銀行	民八十一年，九歌（民九十四年，重排新版）
萬水千山師友情	民八十四年，九歌（民九十五年，重排新版）
母親的書	民八十五年，洪範
永是有情人	民八十七年，九歌（民九十四年，重排新版）

小說

菁姐（短篇）	民四十三年，今日婦女雜誌；民七十年，爾雅

百合羹（短篇）　民四十七年，開明
繕校室八小時（短篇）　民五十七年，台灣商務
七月的哀傷（短篇）　民六十年，驚聲文物
錢塘江畔（短篇）　民六十九年，爾雅
橘子紅了（中篇）　民八十年，洪範

合集

琴心（散文、小說）　民四十二年，國風；民六十九年，爾雅
琦君自選集（詞、散文、小說）　民六十四年，黎明
文與情（散文、小說）　民七十九年，三民
琦君散文選（中英對照）　民八十九年，九歌
母親的金手錶　民九十年，九歌；二〇〇二年（簡體字版），中國三峽
夢中的餅乾屋　民九十一年，九歌；二〇〇二年（簡體字版），中國三峽

兒童文學

賣牛記　民五十五年，三民
老鞋匠和狗　民五十八年，台灣書店
琦君說童年　民七十年，純文學
琦君寄小讀者　民七十四年，純文學；民八十五年，健行
鞋子告狀（琦君寄小讀者改版）　民九十三年，九歌

翻譯作品

涼風山莊　民七十七年，純文學
比伯的手風琴　民七十八年，漢藝色研
李波的心聲　民七十八年，漢藝色研
好一個餿主義　民八十年，遠流
愛吃糖的菲利　民八十一年，九歌
小偵探菲利　民八十四年，九歌
菲利的幸運符咒　民八十六年，九歌

琦君及著作得獎紀錄

民五十二年（一九六三）　獲中國文藝協會文藝獎章

民五十九年（一九七〇）　著作《紅紗燈》獲第五屆中山文藝獎

民七十四年（一九八五）　著作《此處有仙桃》獲第十一屆國家文藝獎

著作《琦君寄小讀者》（後改名《鞋子告狀》）獲金鼎獎

民七十七年（一九八八）　著作《琦君讀書》獲新聞局中小學生優良課外讀物第六次推介

民七十八年（一九八九）　著作《青燈有味似兒時》獲新聞局中小學生優良課外讀物第七次推介

民八十年（一九九一）　著作《母心．佛心》獲新聞局中小學生優良課外讀物第九次推介

民八十八年（一九九九）　著作《永是有情人》獲新聞局中小學生優良課外讀物第十七次推介

民九十二年（二〇〇三）　著作《母親的金手錶》榮登金石堂年度TOP大眾散文類

民九十三年（二〇〇四）　著作《鞋子告狀——琦君寄小讀者》入選第四十七梯次「好書大家讀」
獲總統府頒贈「二等卿雲勳章」

民九十四年（二〇〇五）　著作《鞋子告狀——琦君寄小讀者》新聞局中小學生優良課外讀物二十四次推介

民九十五年（二〇〇六）　獲亞洲華文作家文藝基金會頒贈「資深作家敬慰獎」
著作《永是有情人》入選第四十九梯次「好書大家讀」

琦君作品集⑩

與我同車

著　　者：琦　　君
發 行 人：蔡　文　甫
發 行 所：九歌出版社有限公司
臺北市八德路3段12巷57弄40號
電話／02-25776564・傳真／02-25789205
郵政劃撥／0112295-1
九歌文學網：www.chiuko.com.tw
登 記 證：行政院新聞局局版臺業字第1738號
印 刷 所：崇寶彩藝印刷有限公司
法律顧問：龍躍天律師・蕭雄淋律師・董安丹律師
初　　版：1979（民國68）年3月10日
重排增訂初版：2006（民國95）年11月10日

定　價：230元

ISBN-13：978-957-444-351-2　　Printed in Taiwan
ISBN-10：957-444-351-5

（缺頁、破損或裝訂錯誤，請寄回本公司更換）

國家圖書館出版品預行編目資料

與我同車／琦君著. -- 重排增訂初版.
--臺北市：九歌， 民95
面； 公分. --（琦君作品集；10）

ISBN 978-957-444-351-2（平裝）

855 95017407